吴翠芬 著

流星集

南京大学出版社

吴翠芬教授
(1932.10.17—2014.4.4)

照　片

岁 月 芬 芳

猴年——第一个本命年（1944年）

世上只有妈妈好（1948年）

入团宣誓留影（1950年3月）
左起：高学珍、卢学芹、吴翠芬、严程华

花样年华（1950年国庆节）

大学生证照(1954年)

同心锁(1956年元旦)

中文系学生党员毕业留影(1956年8月)
左起前排：朱月瑾、陈颖侨、吴翠芬
后排：王立兴、丁桂林、卢大宣

讲堂松荫：胡小石先生70大寿与研究生合影(1957年)
前排：胡小石(右二)与夫人杨秀英(右三)、陈方恪教授(右一)、徐家婷先生(右四)
后排右起：吴翠芬、谭优学、周勋初、侯镜昶、郭维森、杨其群

结婚纪念(1957年6月15日)

舐犊情深——和女儿火青合影(1960年6月)

苏州园林留影(1964年)

和妹妹及孩子们在一起
(1967年)

姐妹情(1974年夏)

高考语文命题组出题后"禁闭"在九华山(1981年6月14日)
左起:黄光硕、何以聪、李亚丹、张清常、吴翠芬、孙锡信、李旭初

"禁闭"在黄山(1981年6月28日)

备课(1981年冬)

切磋(1982年11月3日)

在美国内布拉斯加大学讲学（1983.1—1983.5）

Daily Nebraskan 对吴翠芬的报道（1983年1月18日）

参加圣·巴巴拉全美比较文学学术会议（1983年3月）

参加林肯市国际艺术展（1983年4月）

在程千帆先生家留影(1983年12月)

程千帆先生研究生梯队成员在讨论工作(1984年)
左起：吴新雷、周勋初、程千帆、郭维森、吴翠芬

和研究生在一起(一)(1987年)
左起：金鑫荣、朱新法、于景祥、张叔宁、陈正荣

和研究生在一起(二)(1990年)
左起：黄爱华、徐兴无、张亚权、马佳

陪同叶嘉莹教授游览南京中华门瓮城(1987年5月)

二上黄山(叶嘉莹摄,1987年5月)

陪同陈香梅女儿陈美丽教授探访宣城小谢遗踪(1991年8月)

参加温州谢灵运国际学术研讨会后畅游楠溪江(1991年11月24日)

聊发少年狂——三上黄山（摄于黄山北海清凉台高险处，1993年9月）

为海外留学生讲授书画课时留影（1994年11月）

在美国印地Amil湖畔舞练"戚氏十三剑"（1996年8月）

"有朋自远方来不亦乐乎"
——感恩节和叶子铭夫妇在印地女儿家合影（1996年）

雄奇阔丽的尼亚加拉大瀑布（1996年7月5日）

神奇宏伟的美国大峡谷（1996年11月3日）

心醉神迷的艺术世界———山城Sedona（1996年11月）

在美国山城Sedona陶艺中心（1996年11月）

祖孙亲——与外孙女庭庭摄于中山陵紫霞湖（1998年五一节）

和好友邹午蓉在句容宝华山隆昌寺（1999年元旦）

挥毫写梅(2001年)

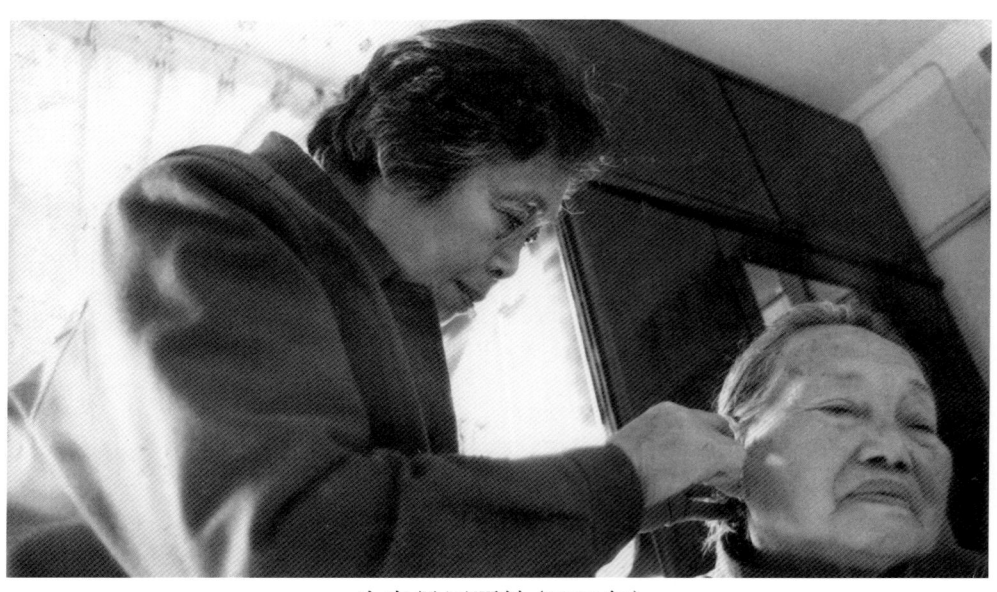

为老母压耳针(2001年)

肉连肉，疼不够——小外孙丁丁满月（2002年4月6日）

猴年——第六个本命年（2004年）

在开往阿拉斯加的海船上(2006年9月)

万圣节在新泽西女儿家(2006年)

探望在圣路易斯华盛顿大学读书的外孙女庭庭(2006年10月)

课堂——在圣路易斯华盛顿大学(2006年10月)

金婚纪念（一）——巴黎圣母院作证（2007年7月6日）

金婚纪念（二）——罗马"许愿池"（特莱维喷泉）（2007年7月12日）

确诊癌症后漫游新疆(2009年5月)

与维吾尔族姑娘欢跳新疆舞(2009年5月27日)

和家人在澳大利亚悉尼欢度春节(2011年)

八十大寿庆(2012年10月)
左一黄爱华、右二高利华、右一王海若

有女便是福(2014年1月5日)

赏梅(2014年3月3日南京梅花节时)

心愿——在东京上野赏樱(2014年3月28日)

全家福(2014年1月5日)

目 录

代前言：夏夜的流星

散记：驿路忆语

逃难 / 3

"倚梅有所思"
　　——怀念张汝梅师 / 10

我与张宽师的画缘 / 18

心碑
　　——忆郭影秋校长 / 23

独向深山深处行
　　——忆胡小石师 / 27

忆子铭二三事 / 45

忆郭老 / 54

三代儿孙载不尽您的恩情 / 60

圆梦——美国讲学记 / 64

陈香梅之女宣州访行记 / 77

爱在，希望在
　　——遭遇癌症之后 / 90

随笔：瞻对拾零

　　华盛顿掠影 / 99

　　一幅美国校园幽默画 / 107

　　MADE IN CHINA / 110

　　溶不掉的中华文化 / 114

　　令人困扰的美国计量制度 / 116

　　万圣节记趣 / 118

　　菊花脑在美国 / 126

　　来自美国的劲团子姑娘 / 129

　　解读青春 / 134

诗歌：心之韵

　　川行五绝句 / 139

　　　一、薛涛井 / 139

　　　二、渣滓洞感赋 / 139

　　　三、夜登枇杷山 / 140

　　　四、山城待渡 / 140

　　　五、过三峡 / 140

　　赠老谭 / 141

　　为阮荣春君国画《晨雾初开》题咏 / 142

　　逢兰妹忌日，庭前花开，悽然感怀 / 143

　　观电视片《琵琶行》感赋 / 144

　　千里诗草二十五首 / 145

　　　京丰宾馆即事 / 146

　　　卢沟桥感赋步何以聪老师韵（二首）/ 146

赠张清常师暨京西诸师友 / 148

故宫写怀（二首）/ 148

赠京丰宾馆全体工作同志 / 149

赠同游同乡友人锡信同志 / 149

戏答李亚丹先生 / 150

九华山揽胜（三首）/ 151

观九华山寺庵感赋 / 152

九华山月 / 152

黄山烟雨 / 152

玉屏杂咏 / 153

大雾中登黄山莲花峰 / 153

登黄山皮篷 / 154

登皮篷怀雪庄禅师 / 154

赠何以聪老师 / 155

再赠何以聪老师 / 155

黄山纪游 / 156

芜湖铁山宾馆即事 / 158

别诗一首赠同游师友 / 159

再赠孙锡信同志 / 159

长安杂咏六首 / 161

一、贺唐代文学学会成立 / 161

二、登乾陵顶峰 / 161

三、登骊山 / 162

四、访兴庆宫遗址 / 162

五、赠杨、邓二君 / 162

六、别长安 / 163

送许胜君归国 / 164

贺《耕耘》诞辰五周年 / 165

六十初度 / 166

小女海若二十七岁生日寄意 / 167

颂国庆 / 169

庆澳门回归 / 170

贺《醉翁亭记研究》研讨会召开 / 171

丙戌春贺爱女海若贤婿丁淦华诞 / 172

爱女火青本命年感赋 / 174

游宾州 Wellsboro 枫林 / 175

楹联：俪音共振

贺联 / 179

    贺日本名古屋学院大学百年校庆 / 179

    贺唐敖庆教授从教五十年 / 179

    贺瑞蕻师八十华诞 / 180

    贺台湾"中央大学"校庆 / 180

    题松尾三郎纪念馆 / 181

挽联 / 182

    挽叶南薰先生 / 182

    悼念郭影秋校长 / 182

    挽张月超先生 / 183

    挽刘蔚云先生 / 183

    悼文志南挚友 / 184

    挽纵汉民同志 / 184

    挽吴白匋先生 / 185

悼李黎姐丈 / 185

自为墓碑联 / 186

春联（二副） / 187

杂咏联 / 188

　　游淮安市为淮安宾馆书联 / 188

　　点评潘力生成应求伉俪《诗联千套》 / 188

　　伫立郭影秋校长塑像前口占嵌字联 / 189

　　参加兴化市纪念"中央调查组关于施耐庵文物史料调查60周年"暨"《〈水浒传〉作者施耐庵文物史料考察报告》30周年"座谈会书联 / 189

征联 / 190

　　题常州梳篦厂 / 190

　　题丹凤街劳动服务公司 / 190

　　为天下第一奇书《金瓶梅》征联作（绝对） / 191

附录：永恒的怀念

此情只待成追忆
　　——忆爱妻　王立兴 / 195

远处梅香薰人暖　王火青 / 203

母爱，撑起我最美的天空　王海茗 / 207

为亲爱的外婆祈福　陈心庭 / 215

怀念翠芬老友　顾学梅 / 218

翠芬姐姐，我要对你说……　汤淑敏 / 221

良师与益友
　　——追忆翠芬　邹午蓉 / 224

何处春江无月明　陈正荣 / 227

看尽繁花化春泥

  ——怀念吴翠芬老师　金鑫荣 / 233

南秀村，永远挥之不去的记忆

  ——哭翠芬师　黄爱华 / 239

诉不尽三十载师生情

  ——怀念吴翠芬老师　张　明 / 250

悼念敬爱的吴翠芬老师　徐兴无 / 256

亲属代表在告别仪式上的答谢辞 / 258

南京大学文学院暨师生为悼念吴翠芬教授所撰挽联 / 260

编后 / 262

国画：梅花是我

  树树立风雪（1977）

  清气流乾坤　（吴翠芬画　阮荣春补竹　1979）

  花中气节最高坚（1990）

  双清（1993）

  花之魂（1996）

  清气得来花自好（2001）

  繁英（2002）

  久香（2002）

  含英吐华（2003）

  直与天地争春回（2003）

  清气满大千（2007）

  春的律动（2007）

  梅花争艳——垂枝梅（2008）

燃放（2008）

春自在（2009）

斋斋皇皇　眉寿无疆（2009）

别是风流标格（2011）

天地春（2011）

占得先机早报春（2012）

造物含深意　施朱发妙姿（2012）

[代前言]

夏夜的流星

夏夜的流星,
掠过无边的幽冥。
显示出生命的闪动,
活泼而又晶莹。
一霎那划开海面投进波澜,
它的光芒也许依旧闪烁,
它的心情也许依旧缠绵,
但海水已经深深地把它埋葬,
孩子们也不再对它堆着笑靥。

附言: 这是我初中时音乐老师教的一首歌曲,词曲作者今已忘记。这首歌曲虽然低回凄美,但很富有人生哲理意味。人生不过如夏夜的流星,在天际一闪而过,但这一霎那的闪亮,也能给这个世界带来一些亮色,给人们带来一些欣喜。

——吴翠芬

散 记

驿 路 忆 语

逃 难

记得那是 1937 年 12 月 20 日前后，全家正在吃晚饭，在南京做店员的小叔突然仓皇地闯了进来，说：不得了啦，日本鬼子在南京杀了好多人，老板一家都被杀了，我幸亏逃了出来。看来蚌埠也保不住了，我们赶快逃难吧。

果不其然，元旦刚过，风声越来越紧，日本军队已经占领滁州，正沿着津浦线北上，滁州一带的难民已经向明光、蚌埠涌来。消息传来，人心惶惶。蚌埠已危在旦夕。父亲忙和邻里亲友商议，决定先逃难到徐州，再从陇海路去郑州。没几天后的一个傍晚，父亲就带着母亲、小叔、我和妹妹，背着行囊，挤上了一列去徐州的铁皮车。车上都是逃往徐州的难民，挤得透不过气来，等到火车启动，才感觉舒服点。之所以选择晚上动身，也是为了躲避日机的轰炸。

到了徐州，全家住在云龙山下为难民临时搭的帐棚中。生活无着，父亲和小叔就每天出去打零工，挣一点糊口钱。每天早晨和下午，母亲都给我一个小碗，要我到附近的难民救济点，排队领小米粥，并嘱咐我领到后自己先吃一碗，然后再排队领一小碗，带回来给妹妹吃。每天我领了第一碗小米粥后，赶快跑到另一边，匆匆忙忙地喝完香甜的小米粥，将碗边四周仔仔细细舔干净，然后再跑去排队，领到另一碗小米粥后，小心翼翼地捧着回去给妹妹吃，妹妹吃剩后，母亲再喝完。徐州几个月，这就是我每天最重要的任务。那一年我刚满五岁，妹妹还不到一岁。

在徐州一待就是三个多月，每天饥一顿饱一顿，生活极为困苦。父亲原拟带全家去郑州再转后方，无奈徐州聚集的难民太多，陇海铁路又时断时续，全家又买不起高价火车票，就困守在徐州了。直到这年5月，陇海路已被日本军队切断，去郑州已无望。5月10日以后，日军企图包围徐州，整日几十架上百架飞机对徐州狂轰滥炸，军民死伤无数，夜晚到处烈火熊熊。徐州再也待不下去，全家决定逃回蚌埠去。我们逃出徐州是5月17日，这一天正是小叔的生日，所以我印象很深。现在从史料上才知道，我们逃出徐州后，5月19日国民党守军就全部撤离，5月20日日军侵占了徐州。而我的家乡蚌埠，早在2月1日就已被日军占领[①]。

逃回家乡的路上是一段刻骨铭心的记忆。

我们是天还没有亮就整理好行装，住在附近帐棚中的几家乡邻互相打了招呼，就一齐出发了。这支队伍共有六个家庭几十号人组成，都是邻里乡亲，有的本来就熟识。大家结伙一起走，主要是为了路上安全，也好有个照应。逃出徐州城，只见人如潮涌，到处是扶老携幼的难民，还有从徐州撤离出来的国民党军队，只听到呼儿喊娘，人嘶马叫，乱成一团。我们一伙赶忙折向东南方，向蚌埠进发。因日本飞机不断轰炸扫射，大家不敢沿津浦铁路线走，也不能走大路，只好选离铁路线较远的小路。小路坎坷难走，父亲和两三个叔叔经常跑在前面探路，再引导大伙走下去。看到很多国民党士兵都在快要成熟的麦田里践踏行进，我们有时也学样走在麦田里。因青纱帐般的麦苗十分浓密，日机来袭时可以掩蔽。我当时个子小，麦穗正好碰到眼睛，一天走下来，我的眼睛都被麦芒戳的又红又肿，痛得直淌眼泪。

从徐州到蚌埠沿铁路线计程约二百公里（走小路要远一些），我们竟然走了近一个月。我们这支队伍每天行程不过二三十华里，走得很慢。一是因为老人、小孩都走不快，有的老人腿脚不便，行路很吃力；像我这样五六岁的孩子从未经过长途跋涉，走走就没力气了。二是不少妇女都曾裹过脚，像我母亲一辈的人不少都是解放脚②，她们年龄都在三十岁左右，走起路来还好些；还有两位奶奶辈年龄的人，脚已裹成三寸金莲，走起路来一摇三摆，相当艰辛。所以队伍只好走走停停，等到掉队的人跟上来了，队伍才向前移动。加上小路坑坑洼洼，雨天的阻滞，日机的不断骚扰袭击，行程也无法快起来。就这样，有着小脚奶奶的两家，还是跟不上队伍的步伐。为了不拖累大家，两天后，他们就和大家珍重道别，分头逃难了。这支队伍也由六家一下子减为四家。

逃回家乡的路上，可以说是步步惊心，日日惊心。天上不时有日机飞来低空扫射轰炸，我们时时都要提高警觉，行路时都要注意周边有没有可以掩蔽的麦田和树丛，经过开阔地时都是一阵小跑通过。日机疯狂地轮番扫射轰炸，不断造成军民伤亡。军人受伤还有救治，死亡的尸体也有人就地掩埋，但死伤的难民则无人处理，死者陈尸田间野地，伤者流着血，发出痛苦的沉吟，慢慢地死去。我亲眼看到一位受伤的叔叔，家人满脸痛苦地守着他，无法救助。

还有一天，在一片开阔地上，看见一位妇女被日机机枪扫射而死，身上地上都是血，一个两三岁的幼儿还爬在她的身上哭着喊妈妈。

我们这一路上看到的都是这种惨烈的景象：沟渠田野里到处丢弃的都是箱笼、铺盖、独轮车；被炸死难民和骡马的尸体，暖风一吹，散发出阵阵难闻的恶臭；被丢弃的婴儿，有的已经死去，有的还发出微弱的哭泣声；走不动的老人，坐在小树下，默默地看着这个世界，似乎在质询苍天为何这般残忍。

天上日机肆虐，地上也并不安全。我们还要防备国民党残兵游勇和土匪的攻击掠夺。这些人手中都有枪，他们不时窜出，逼迫难民交出细软钱财，甚至辱骂追打，强抢强夺。我亲眼看到一伙土匪，都穿着黑府绸衣裤，身上挎着盒子炮③，骑着自行车从高岗上飞驰而下，将难民团团围住，逼大家交出财物。有一个土匪竟然将一年轻媳妇的金耳环从耳朵上生生地撕拉下来，妇女两耳鲜血直流，痛得又哭又叫。我偷偷地爬在麦地里，看着这一切，心里又害怕又难过。

除了大人承受的这些苦难外，我作为一个五岁多的小女孩，所受的磨难并不比大人轻。刚出徐州城，看到兵荒马乱，难民如潮涌，父亲就塞给我两块钱，告诫我要紧跟着队伍跑，跑不动，走散了，你就自投生路吧；这两块钱，省着点用，买点吃的吧。所以每天我都处在恐惧之中，生怕迷路走失，再也找不到父母。每天我都睁大着眼睛，看着前面的队伍，小跑着向前赶。有时队伍看不见了，就紧张得要命。有时刚赶上队伍，坐下来喘口气，队伍又出发了。好心的小叔怕我走失，每到岔路口，都要等我一下，给我指引前行的方向。这样一天走下来，脚上全是血泡，一坐下来就钻心的痛。夜晚休息时，脚上的血泡连着血泡都磨破了，沾在袜子上，连袜子也不敢脱。第二天起来又要赶路时，起始很痛，但走走也就麻木了。如此日复一日，一个月我就未曾脱下袜子。这一路上，我们风餐露宿，有时还可以在乡镇上买些吃的，多数时候是到村庄上乞讨。善良的爷爷、奶奶、叔叔、姑姑看我年纪小，总会给我些剩饭剩菜，有时还会给我一两个棒子面的窝窝头，那已是最好的口粮了。我们夜晚休息时，有时能住到农民家的堂屋间，但多数是在牛棚、猪圈、草垛中过夜的。一天的艰险奔波，只有到晚上和家人团聚在一起，睡在母亲的怀抱中，拉着妹妹的小手，才安然、沉沉地睡去。

逃难途中，我们这支队伍发生的几件辛酸事，在我的记忆中永远也磨灭不掉。

一是妹妹差点被丢弃。逃难第四天，母亲背着妹妹艰难地在麦垄间走着。母亲是解放脚，三天走下来脚上全是血泡，走着走着就摔倒了。父亲见此情景，扶起了母亲，突然从母亲背篓里拽出了妹妹，狠心地扔在麦田里。父亲说，不能因这个累赘影响大家逃难，并喝令大家向前赶路。母亲被邻家的阿姨架着向前走，伤心得直哭，我也哭着要妹妹。走了几十米还听到妹妹撕心裂肺的哭声，这时小叔突然将背上的行囊一丢，快步跑回去将妹妹抱了回来。从此小叔负责背妹妹，妹妹才捡回了一条命。

二是二大爷投河自尽。二大爷七十多岁，为人慈祥，乐于助人，对孩子们特别好，我们小孩子常常围着他转，要他讲故事。二大爷腿脚不好，走起路来一瘸一拐的，很吃力，很慢。每晚他总是拖着病腿最后一个挨到大家休息的地方，无力地躺下。出事的那天，我已经赶到了休息地，到了天完全黑下来，仍未见他过来。父亲和他的儿子不放心，就一起回头去迎候，走了很长的路，也不见二大爷踪影。后来从难民口中，获知二大爷在前面一个河口已投河自尽，人也被大水冲走了。两人哭着回来讲述了这一不幸消息，大家都难过得伤心落泪。这一夜，我们住地的空气好像都凝结了。

三是同龄小姐妹吓破胆夭亡。邻家小姐妹玲玲，还未满五岁，我俩很能玩得来。但她身体弱，胆子小，走路也不如我。每当日机来袭时，她都吓得脸色煞白，牙齿打战，爬在地上直哆嗦。开始两天她还能走一些路，以后再也走不动了，就由她父亲吃力地背着，走走停停。再以后她就有些迷糊，不思饮食，夜晚睡觉时身体抽搐，常发出惊叫声。父母愁苦无奈，但最终还是将她带回到蚌埠家中。快到蚌埠时，我们一家先在郊区吴台子父亲出生地住了几天，和玲玲一家分手。等到我们返回蚌埠时，听说玲玲已经死了。母亲说，她是吓破了胆死的。

这就是我一个五岁多小女孩在抗战初期所经历的一段逃难生活。

但是劫难并没有完。抗战八年，我在日本统治区过了七年多不顺心的"顺民"生活。1945年8月15日，日本宣布投降，百姓欢腾，原指望可以为胜利好好庆祝一番，谁知灾难又降临到头上。当时驻蚌埠日军竟丧心病狂地在百姓吃的河水、井水中撒上伤寒菌，不少百姓都染上了可怕的伤寒病死去[④]。那些天蚌埠市街头里巷、左邻右舍，都不断传来痛失亲人的哭声，郊外野地里增添了无数垒垒新坟。我也在劫难逃，不幸感染了严重的斑疹伤寒。仅仅两三天，已是气息奄奄，处于半昏迷状态。当时西医已宣布不治，母亲背着我去一位老中医小刘先生家求治，小刘先生看看我，搭搭脉，摇摇头说："不行了，回去吧。"母亲跪在医生面前，哭求他救救孩子。医生说："我先开三服'虎狼药'试试，扳回来，是孩子的命大，扳不回来，也不要怪我。"果然，三服药吃下去，我奇迹般地慢慢好了。为此，母亲特地送上锦旗，感谢小刘先生的救命大恩。

从童年到少年的这些磨难，让我懂得了国破家亡的况味，懂得了什么是爱恨情仇，我好像一下子长大了。

2011 年 7 月 7 日

[注释]

① 《徐州会战——原国民党将领抗日战争亲历记》，孙连仲、刘斐等著，中国文史出版社 2010 年版。

② 辛亥革命前后，不少妇女从小都裹过脚。民国后明令禁止妇女裹脚，要求已裹妇女放脚。这些人虽放了脚，但脚趾骨已受到损伤，行路已受到影响。

③ 当时百姓对一种用木盒装手枪的称谓。

④ 新中国成立后，我在南京大学求学和工作期间，曾和同学、同事谈及这一段劫难，他（她）们说，当时在南方的一些城市也发生过日军投降时喷撒各种有毒细菌造成百姓大量死亡的情况，看来这是当时驻华日军统一指挥的行动。只是由于当时国民党为了打内战、抢地盘，无暇追究日军的这些罪行。

"倚梅有所思"

——怀念张汝梅师

六十多年来，我总有个心结：每当南大校园和紫金山麓梅花绽放时，每当我绘作梅花时，都会想起我的启蒙老师张汝梅女士。

那还是1946年，我因为伤寒病辍学一年，近十四岁才考入蚌埠崇正中学女生部。崇正中学是所教会学校，校风、学风都很严谨。我一入学，看什么都感到新鲜，都想学。但如何学，如何适应新的学习环境，则很朦胧。幸运的是，恰在这时，汝梅师闯入了我的生活。

张汝梅是我一年级的国文老师和图画老师，又兼班级监学（类似今天的班主任）。第一天上国文课，她戴着礼帽，穿着整洁的长衫，跨进了教室。脱下礼帽放在教桌上，才发现她是一位二十来岁的女老师。她这一身装束和当时女校的其他老师很不一样，我们都感到很新奇，都瞪大小眼注视她，听她上课。她作了简短的开场白，就开始上第一课。她的课讲的字正腔圆，内容丰富，生动有趣，语速不快不慢，容易领悟，我一下子就喜欢上了这位老师。

汝梅师的国文课教学很有特点。每讲一篇课文，她都先将全文朗诵一遍，让大家了解课文的内容主旨；再分段讲，了解全文的篇章结构；最后再细讲每一段的字、词、句和语法，分析作者遣词造句的好处，有时还会设问这里如果改用别的词、语行不行。如此几周下来，她都用这个套路细致生动地讲析每一篇课文。几周过去后，她了解我们已经基本掌握了阅读理解课文的方法，就进而要求我们每篇课文必须提前预习，上课时，先提名学生朗读课文，进行课文的分析讨论，再由她点拨总结。她还要求学生背诵一些课文，写出读后感。她的这种循循善诱的方法，使我一下子开了窍，一学期下来，我的阅读理解水平就有了很大提高。汝梅师告诉我们：学好国文的诀窍就是要多读多写，除课本外，还要多读课外书，多写一些读书心得体会。她建议我们写日记、写周记，每两周还出一道命题作文，给我们仔细评改。我虽然没有写日记，但每周都记周记，命题作文总是认真地写。我的作文每次都受到她的褒许，有时还拿到班上朗读。也是在汝梅师的启迪下，我想方设法找课外读物，诸如鲁迅、茅盾、巴金、冰心、徐志摩、朱自清的作品，《唐诗三百首》、《古文观止》、《西游记》、《聊斋志异》、《红楼梦》、《茶花女》、《鲁滨孙漂流记》，乃至张恨水的小说、福尔摩斯探案等，还喜读报纸的副刊，虽然很杂，有的只是囫囵吞枣，但也大大增长了知识，开阔了视野，也领悟到一些写作门径。初一下学期，我曾将练笔的一组小散文给汝梅师看，她看后说可以投到报社去。在她的鼓励下，我诌了一个"珮琳"的笔名，投给了当地的报社。不想这些散文不久都陆续刊登了，报社还通知我与他们联系并领取稿酬。当时我因为年纪小，怕报社不相信文章出自我的笔下，未敢与他们联系。这次尝试，更激发了我读书写作的热情。

比起国文课来，汝梅师的图画课更引起了我浓厚的兴趣。我从小就喜欢涂鸦，随处乱画，纸上，地上，墙上，课本的天头地脚，都有我画的小人、小动物和花花树树。小学时的绘画课，老师只是拿出图片教我们临摹，或鼓励我们发挥想象乱画一通。没有人指点迷津，总感到不得要领。如今有了自己喜爱的老师来指导绘画，怎不令人心花绽放。

  汝梅师的绘画课真是教得好。第一节课，她就开宗明义地说：绘画课为什么又称美术课，就是要用你们的眼睛发现美，用你们的笔画出美来，如何才能发现美画出美，这没有什么诀窍，就是要勤学勤练。汝梅师第一学期讲铅笔画、水彩画，第二学期讲国画。她根据我们的特点，从学画的初阶入手，第一步介绍各个画种的基本知识和工具材料，第二步才教绘画技法和注意事项。讲铅笔画时，她先让我们准备好硬铅、软铅两种铅笔及绘画纸，准备好写生的拍纸簿和速写夹。她由浅入深，从临摹到写生到速写到创作，从静态到半动态到动态，让我们掌握两种铅笔的不同性能和使用方法；还讲了透视法和男女人体比例及结构特点，让我们逐步掌握形体造型。她还带我们到校园学习素描写生，学习捕捉动态形象的速写方法。她说铅笔画是学好绘画的基础，一定要把基本功打好。在讲到水彩画时，她也先让我们准备好水彩笔、一盒十二色水彩颜料及调色盘，主要讲了十二色水彩的用法，介绍了红、黄、蓝三原色，介绍什么是间色、复色，哪些是暖色、冷色，哪些是对比色、调和色，在色彩与色彩之间如何使用过渡色使之柔润自然。她的讲授和示范，使我们一下子就掌握了色彩的用法。一学期下来，我的绘画兴趣也由自发转向了自觉。

第二学期，汝梅师开始讲授国画。她先介绍了国画的分类，介绍国画的工具和材料：笔、墨、纸、砚、颜料、调色盘、笔洗等，笔分大小狼毫（硬笔）、大小羊毫（软笔）、兼毫；墨包括墨汁、墨碇；纸为宣纸，有生宣（供写意画用）、熟宣（供工笔画用），初学者可用毛边纸及一般纸张练笔；国画十二色颜料分水色、石色两种，名称与水彩颜料有别，如红色称曙红，黄色称藤黄，蓝色称花青等。这些介绍完后，她就要求我们准备好工具和材料，正式开讲国画了。令我们意外的是，她只用了半节课的时间，对山水画、花鸟画、人物画作了简要介绍，对工笔画、写意画的特点作了一些对比，然后就将重点转向了花鸟画中的梅花，介绍如何以写意手法画水墨梅花和着色梅花。她说国画品类繁多，她只想通过水墨梅花和着色梅花的画法，让大家掌握国画的运笔、用墨、调色、造型、构图的基本方法，这样举一反三，以后在画其他类型国画时也就有了路径。

老师的名字叫"汝梅"，也许她对梅花情有独钟吧，整整一学期，她就教我们画梅花。她依次讲了梅干、梅枝、梅朵的形态结构和绘画方法。讲苍劲如虬龙的老干时，她介绍了墨线勾勒法和一笔完成的没骨法。讲挺拔如剑戟的梅枝时，主要介绍了从粗枝到细枝到嫩枝到横枝到断枝留白的不同笔法，介绍了"女""戈""之""丫""S"形等造型特点。讲千姿百态的梅花时，介绍了梅花全开、半开、含苞、残落时的不同特点；梅花有单瓣（写意画多画之）、复瓣（工笔画多画之），全开单瓣梅花为五瓣，内有七茎花芯，中茎长，六茎短，瓣底有花托；梅花开在梅枝的正、反、侧、背等不同部位，也就有了不同姿态。讲梅花时，她还介绍了红梅、绿梅、粉梅的着色方法。学期快结束时，汝梅师拿出她画的几幅不同构图的梅花，从主次、疏密、浓淡、虚实、层次等方面讲了梅花的构图要领，讲了点苔、运染在布局中的作用。当时我们还不会题款，也没有印章，但作为一幅画的有机组成部分，她也作了简单介绍。汝梅师在讲解以上内容时，始终将运笔用墨贯穿其中，如何起笔、行笔、收笔，如何由侧锋转中锋、或由中锋转侧锋，如何用浓墨、淡墨、焦墨，如何掌握笔头、笔腹、笔根的含水量，如何皴、擦、点、染等等，不一而足。汝梅师讲梅花有一个特点，每次上课时，她都是将事先画好的一两幅梅花挂在黑板上，以此为样本，只选取其中局部，重点讲一两个内容；有时边讲边拿出纸笔画出所讲内容，进行现场示范；讲完后就要求我们按照她所讲的内容在课桌上反复练笔。汝梅师讲梅花时，恰逢校园中几株春梅绽放，她花了一节课时间，带我们去校园实地观摩，形象地介绍了梅树的生态和形态特点，鼓励我们仔细观察，认真写生。汝梅师一再强调，绘画课主要是一门实践课，老师讲的绘画知识、绘画技法，只有在不断练习中才能体认掌握，只有勤学苦练，才能画出好的作品。正是在汝梅师的感染下，我对画梅产生了浓烈的兴趣，一学期下来，几乎沉迷在画梅中。我曾多次去观摩校园中的那几株梅花，拿出铅笔在小本本上画素描稿，下午放学回家后，第一件事就是打开笔墨纸砚，对照素描稿反复练笔，先画在废报纸上，画在毛边纸上，最后才小心翼翼地画在裁成小幅的宣纸上。认为比较满意的，就带到学校找汝梅师看，她看后一边赞许，一边也指出很多不足之处，如枝梢虚尖，没有回收；有的画面太死板，是因为握笔过紧，手腕不够灵活，顿挫转折就没有力度。

她要我大胆地画，不要怕犯错误。她还手把手地教我如何皴染，如何画出飞白，如何藏锋和回锋。我开心的发现，在汝梅师的鼓励和指导下，一学期下来，我的画艺真是与日俱进，提高得很快。

汝梅师不仅是我们的课业老师，还是我们的人生老师。她英挺俊俏，豪爽有男子气，但感情丰富细密，对学生十分关爱，从不疾言厉色。作为班级监学，她针对女孩子的特点，常在班级活动中，向我们灌输爱的教育和励志教育。她推荐冰心的《寄小读者》及其散文，要我们从小就要有爱人之心。她给我们讲木兰代父从军的故事，讲秋瑾女侠的故事，讲法国抗英民族英雄"圣女"贞德的故事，当讲到秋瑾题写"秋风秋雨愁煞人"诗句，在轩亭口刑场就义时，讲到少女贞德被判火刑、慷慨赴死时，她都激情难抑，声泪俱下，极大地震撼了我们幼小的心灵。她说女子的智慧和才能并不比男子差，女孩子要自尊自重，现在好好读书，学好本领，将来成为有用之才。汝梅师所讲的秋瑾和贞德的故事，常常萦绕在我的心头，大学工作后，我恭读了秋瑾的诗文，更加敬佩她冲决网罗、投身革命的果毅精神。在秋瑾冥诞100周年时，我曾虔诚地绘制了一副秋瑾的画像，参加了学校画展，作为对一代女性楷模的纪念。

汝梅师还经常进行家访。记得第一次家访时，母亲吓了一跳，以为我带来了一位男老师。由于我国文、绘画两门课学的都比较好，常受到老师的青睐，汝梅师来我家的次数也要比别的同学多些。汝梅师来家访时，总喜欢和我促膝谈心，了解我的家庭情况、学习情况、绘画情况，她总是鼓励我多看多写多画。她说你喜欢画梅花，就应该学习梅花坚贞高洁的精神品格，女孩子要自立自强，不要做男人的花瓶。她常和我的父母说，这孩子聪明，天分高，要好好培养。进入中学后，我的求学之路并不平坦，父亲是生意场上人，思想上重男轻女，总是说女孩子只要能看报写字，学会打算盘，嫁个好人家就行了，不必读那么多书。他对我喜欢绘画更不以为然，说现在都有照相馆了，学画画有什么用。所以每到开学缴学费时总是不爽，都是经过母亲的劝说抗争才能拿到学费钱。但自从汝梅师和父母交流后，以后再缴学费就顺利多了。另外，汝梅师是教会大学的高材生，能讲一口流利的英语，她对我学习外语也十分关注。她跟我说：教会学校的学生，一定要把外语学好，才能进一步深造。你语感好，发音好，学好外语是有条件的。正是在她的鼓励下，初中三年我打下了较好的英语基础。

想起来，我真是个幸运儿，在我人生刚刚开始起步时，有幸遇到了张汝梅这样好的良师，她不仅在国文教育和绘画教育方面将我引入美的殿堂，而且在做人方面也给我指引了前行的方向，我以后的人生轨迹似乎正是遵循着汝梅师的教导走下去的。初中毕业时，恰逢蚌埠解放，真如同拨云见日，心头的阴云一扫而空，从此我的命运不再受家庭的羁绊了。进入高中，我成为学校第一批团员，成为学生会主席，努力吸纳新知，认真学习工作，但我的兴趣点仍然在文学和绘画两个方面，为文作画，乐此不疲。高中毕业后，我考取了南大中文系，并终身成为中国古代文学教学的一名耕耘者，行有余力，我总喜欢拿起画笔作画，尤其是绘写梅花成为我的最爱。我总是全身心地投入创作，力求把梅花的气韵风骨熔铸于笔下。只是由于笔力不济，无法将梅花的意态精神表达得至臻至美，有愧于老师的期望。

我跟汝梅师学习、交往虽然只有一年，但她对我一生的影响是深刻的。一年后，可能是她那种卓尔不群的做派不为主校者所喜吧，她悄然离开了学校，听说去了南京，以后又去了南方。我虽经多方打听，也未能获得她确切的行踪下落，令人抱憾。但我对恩师的感念之情始终如一。

又是一年一度的南京梅花节。今年 3 月 3 日，女儿开车带我和老伴去梅花山观赏梅花，当我站在梅花谷"梅后"旁，又油然想起了汝梅师，从心里升起了无穷的感念和丝丝惆怅。

汝梅师，您在哪里？您在哪里？您能听到学生的呼唤吗！

2014 年 3 月 4 日

我与张宽师的画缘

六十年前，自1950年至1952年夏，我在蚌埠三中（原崇正中学）读高中，当时美术课是由张宽师执教。我自幼酷爱绘画，对美术课自然特有兴趣。因此，课内课外与张宽师经常有接触。在我的记忆中，他是一个极谦和又敬业的人，对学生耐心热诚，循循善诱。可令人感叹的是，亲历的往事，竟随无情岁月流逝殆尽，仅留下几个难忘的镜头在闪烁。如今只有撷取这些片段来表达我对老师永久的缅怀……

蚌埠解放以后，崇正中学改为蚌埠三中，张宽师和当时担任三中学生会主席的我，同时选为蚌埠市人民代表，出席市各界人民代表大会。老师利用休会间隙忙着画人物速写，我在一旁观摩。他见我对绘画很有兴趣，便将人物速写的方法讲给我听，同时也为我画了一幅速写。画得很传神，我爱不释手地将它小心保存起来。后来我考上了大学，离开了家，竟遗失了这幅难得的画。为此，我耿耿于怀，引为憾事。但老师速写人物的技法要领一直启迪我，让我懂得对人物形象特点观察的方法，并努力在绘画时加以学习运用。

读高中时，我一度对油画产生了浓厚兴趣，总想亲手尝试一下。但苦于当时既无钱买油画笔与颜料，更无钱买画布、画板，只好穷想办法，采用马粪纸涂油漆来替代。可油漆也无钱买，最后多亏一位好心的同学，她向亲戚讨来一些油漆送给我，才成全了我渴望作画的心愿。当我兴冲冲拿起笔，面对马粪纸与油漆却无从下手时，就找张宽师讨教。他笑着鼓励我大胆地画，不用怕。要我把油漆颜色调配好，画错了再改，定会画成功。就这样，我终于煞费苦心地涂画出了一幅西洋美女头像。张宽师大加称赞，把它选入全校画展。老师的激励，犹如春风化雨，点点入心。我对绘画也更加酷爱了。没料到，这幅画得到同学的青睐，不少人向我讨要，都被我一一婉拒了，这可是我的第一张油画处女作，怎能不宝贵啊！可令人郁闷的是，这张油画竟在画展时不翼而飞，被人"偷"走了。据女同学提供的"情报"，可能是几个捣蛋鬼男同学干的。我为此既伤心又无奈。几十年后，每当拿起油画笔，总会想起在张宽师启蒙鼓励下作画的情景，不胜感慨系之。

记得张宽师的家，就在蚌埠三中校内。我从家里步行上学，就可经过老师的门口。有一次路过他家，见老师正在做活。地上摆着工具、材料，散放着各种石膏像，这些新奇的玩意儿，立即吸引了我驻足观赏。老师看见我很高兴，特意要我把一只手放进模子，他用石膏翻做成一个手的石膏模型。我才明白，原来他所制作的各式各样石膏模型都是作为写生教具，专供学生练习素描使用的。老师为我制手模的趣事，引起了我对各种艺术门类的兴趣，在以后的岁月里，一有机会就去尝试不同的艺术表现方法，成为我业余生活的最大乐趣。

1952年夏，我高中毕业，面临高考选择专业的关口。我徘徊在美术与中文的十字路口，不知所从。此时，张宽师极力地鼓励我报考美术。他说："你很有绘画天赋，千万不要错过时机，要进美术学院深造，将来肯定能成为有前途的画家。"老师的这番话与我心有戚戚焉。我思忖自己在读小学时就与同桌的女孩志同道合，不高兴听课时就偷偷地画画，几本教科书的空白处都画满了美女像。读初中时，遇到了一位既教语文又教美术的良师，她把两门课都传授得出神入化，把我引进了美的殿堂。她的名字叫"汝梅"，专教中国画，特别是"梅"花。为了跟她学画，我把所有的零花钱，有时甚至连早点钱都省下来去买毛边纸，偶尔也"奢侈"地买一张宣纸，裁成小块，用来练笔作画。她常常把学生的好作文、好绘画在课堂上展示，用以嘉奖。我的作文与绘画总是名列前茅。进入高中，在美术上又得到张宽师的器重与指引，他对我择专业的规劝令我终生难忘。

在当时美术这一行当是不受重视的，语文老师力主我考中文。他说："你很有文学才能，千万要读大学中文系，将来才能成为有名的作家。"我向他流露想学美术，他反驳道："当个穷画家有什么出息！你喜爱画画，可以作为业余爱好嘛，不必作为终身职业。你一定要把握好人生方向，学中文，当作家，才有大前途。"听了这番话，我又思忖：是啊，我酷爱文学，初中一、二年级时就用笔名在《皖北日报》副刊上发表散文，初、高中时屡屡在全校、全市的作文比赛中获奖，照这样如进大学中文系深造，将来还愁当不上作家呦！读中文专业，把绘画作为副业，两者兼顾吧。如此权衡，便改变了初衷，放弃了学美术。择专业的拉锯战也就告一结束。记得离开三中时，我曾怀着愧疚之情向张宽师去告别。

一跨进南京大学中文系，新生入学第一课便是端正专业思想。系主任严肃地告诉大家："中文系培养目标是语言文学教学与研究工作者，而不是作家。"包括我在内的很多新同学的作家梦，就像五彩的肥皂泡一样，立刻被击得粉碎。我从中文系毕业后，免试读了古代文学专业的副博士研究生，随即留校任教，从助教升到教授，直到退休，在几十年的教学生涯中，我一直对绘画情有独钟，念念不忘绘画，与画结下了不解之缘。这与张宽师的启迪引导是分不开的。

在史无前例的大灾难岁月里，年过而立已有两个女儿的我，说服了母亲与先生，奋然投身南大"红画笔"。着一身旧军装，爬上高高的脚手架，画领袖像与各种应时应景的宣传画，办墙报，画漫画，写画评，还被派往大别山下城西湖军垦农场作画。除油画、水墨画外，还兴味盎然地尝试过捏泥塑、电烫画、版画、水印木刻、剪纸等等，花样翻新，不一而足。算来约历时三年多与画为伴，好比是进了一所特殊的自修美术大学。以致校内校外很多不认识我的人，竟把我当成了美术公司来南大服务的画工。若不是后来"复课闹革命"，当时的我真想改行到无锡惠山泥人厂去从头学艺。

粉碎"四人帮"后，1982年学校派我去美国内布加拉斯州立大学讲学，教授中国古代文学。也是机缘巧合，当地正在组织画展，我应邀画了两幅水墨花鸟画，又制作了一幅电烙人物画参展，得到主办方与观众的一致好评。也因此机缘，退休后南大海外教育学院（原留学生部）特地聘我为各国留学生开设"中国书法绘画"课，将中国传统艺术的精华传播给海外学子。不少留学生对中国书画既好奇又有兴趣，他们的书画作品曾多次在校内外展出，上了电视，并在比赛中获奖。我也在多年的教学中获得了极大收益与乐趣。绘画已成为我最大的业余爱好，成为我生命不可分离的组成部分。饮水思源，应感谢读高中时曾受到张宽师的引导教育。

时过境迁，每逢读到王维"宿世谬词客，前身应画师"（《偶然作》其六）诗句，心头总会漾起阵阵难以平息的涟漪。"文章冠世画绝千古"的王维，竟把当一名"画师"看得比"词客"要重得多。可见从古到今，人人心中都有一个天平，可检测出自己情感爱好的倾斜重量。我不禁联想到自己，当初如果进美院当专业"画师"，与今天的专业"教授"相比，轻重究竟会如何呢？有时冥想"前身"未能成为"画师"，如果有来世"后身"，再争取一试如何？

从1952年考入南大，直到1985年张宽师到南京博物院举办个人画展，暌别三十三年的师生才得以重逢。我和先生满怀盛情邀请老师和蒋向红先生来寒舍就餐叙谈，才稍稍得知老师的不幸遭遇。噩梦醒来是早晨，老师焕发艺术青春，在绘画领域大展蓝图，取得了突破性的成就。我们由衷地为他感到骄傲。老师得知我喜爱画水墨梅花，特地赠送两幅墨宝，一幅红梅，一幅绿梅。我们一直珍藏至今。睹物思人，我与张宽师的画缘正如画中的梅花一样，灿烂绽放，永不凋谢！

2011年1月16日

收入《砚墨醉人——张宽艺术人生》，安徽省文史研究馆编，2011年7月。

心　碑

——忆郭影秋校长

确诊癌症之后，我常常喜欢与老伴在郭影秋校长塑像周边徜徉，做做六字诀，练练郭林气功。塑像的右前方小礼堂，是郭校长经常接待师生的场所，也是我和老伴五十多年前举行简约婚礼的地方。塑像和小礼堂正好形成一个完整的景观。这里环境幽美，空气清新，苍松、绿竹、红枫和各色花卉，映衬得塑像更加肃穆亮丽，令人起敬。我们做完活动后，习惯在塑像前的石凳上小坐一会。仰视着郭校长的塑像，许多往事又鲜活地浮现在眼前。

那是1957年11月中旬的一个晚上，郭校长摸黑来到中文系小楼（今赛珍珠纪念馆），那晚中文系教工党支部正在过组织生活，当时中文系研究生只有我和谭优学两名党员，也归属教工支部一起过组织生活。支部会的主题是反省反右以来自己的认识和言行，也有一些相互间的批评。郭校长听说楼上在开支部会，就悄悄地走上来，搬了一张凳子坐下。我们发现校长来了，发言停顿了一下，他笑着说：我顺便走走，和你们一起过组织生活，请大家继续发言。会议快结束时，他作了简短的发言，大意是：这次突如其来的反右运动，大家没有思想准备，特别是年轻党员没有经历过，有一些认识上的偏差甚至错误是难免的，认识了改正了就是好同志。他还联系自己，说自己在革命斗争中也犯过错误，但只要有坚定的革命信念，从错误中汲取教训，就能更好地前进。郭校长情真意切的话，打开了大家的心结，说得我们心里都暖暖的，久久不能平静。而这一天距离郭校长辞去云南省省长来南京履新才一个多月。

到了这一年12月，反右刚刚结束，恰逢我系胡小石、陈中凡、汪辟疆三位名教授的七十寿辰。在郭校长的倡议下，学校党委和行政决定为三老举办祝寿活动。郭校长特意于12月30日设家宴为三老祝寿，他亲自斟酒敬酒，感谢三位老教授潜心治学，辛勤耕耘，为国家培养人才作出的贡献。郭校长为三老祝寿的消息在校园不胫而走，传为美谈。我作为小石师的研究生，内心十分振奋。隔了一天，正逢元旦，我和老伴去看小石师，当谈及祝寿会时，小石师仍十分激动，说这样的校长有魄力，懂教育，懂得知识分子的心。

反右之后，学校的氛围并不好，广大师生仍心存疑虑，处在迷惘中。正是以三老祝寿为契机，郭校长带领领导班子成员，为谋划南大发展，向全校师生望闻问切。他频频登门拜访知名教授，召开各种类型的教师座谈会，倾听对办学的意见；他常常走进学生宿舍，坐到学生支农的田头，站在大炼钢铁的小高炉旁，了解学生的心声。他敏锐把握变幻时期大学教育规律的脉动，始终坚持学校的重中之重就是教学、科研和教师队伍。他排除大跃进对教学秩序的干扰，铿锵提出：学校毕竟要以教学为主，教学是压倒一切的中心任务，要求学生"坐下来，钻进去，认真读书"，要求老教授和有经验的教师上教学第一线，把书教好，为国家培养优秀人才。他提出"教学为主，突出科研"的口号，要求加强学科建设，确立尖端的、重大的科研项目，协作攻关，为国家作出贡献。老南大人都知道，我校有名的科研硕果"五朵金花"就是在这时奠定基础绽放开来的

（南大科研的"五朵金花"为：金属缺陷研究、分子筛研究、华南花岗岩及其成矿研究、内蒙草原综合考察、大米草的引进与推广）。他尊重和爱惜人才，努力改善教师的工作和生活条件。以"抢救遗产"的急迫心情，主张为学有专长的老教授配备助手，"对号入座"，老中青传帮带，形成合力，多出成果，多出人才。这些举措，有力地促进了教师业务水平的提高，很多年轻教师较快地成长为学术接班人和学科带头人。"两弹一星"元勋程开甲先生，就是在这个时候受到学校表彰，成为教师的杰出代表。郭校长还亲力亲为，亲自为学生授课；亲自指导学生论文；利用夜晚时间，钻研他钟爱的南明史，写出颇具功力的专著《李定国纪年》，为学术界所称道。

为了办好学校，郭校长殚精竭虑，宵衣旰食。他不为三年自然灾害所困扰，号召全校每个共产党员和各个党支部都要发扬矿坑的"坑木"精神，顶住压力，克服困难，为党和国家分忧。这一时期的他体弱水肿，长期失眠，但他仍神采奕奕地活跃在校园各个角落，身体力行关心群众的疾苦。他亲自去学校食堂帮厨，要求食堂员工尽最大可能做好饭菜，保证师生的健康。我系师生在江宁湖熟劳动，他来看望大家，当听到一位同学患了急性肠炎腹泻不止时，立即要这位同学乘他的小车回校医治。一天夜里，他的夫人突然生病，他不愿影响校车司机休息，就自己背扶着夫人去医院就诊。从他住的汉口路71号小楼（今爱德基金会）到鼓楼医院急诊室，路虽不算远，但护送时步履的艰辛可想而知。他严于律己，与学校师生同甘共苦。学校配送给他的副食品，他拒绝收受，要求送给身体不好的同志。国家发给他的副食品优惠券，他也一概不用，调离南大时，工人在他的桌子抽屉里还发现一大沓优惠券。他的这些好品德好作风，赢得了全校师生员工的好口碑。

回顾郭校长主校的六七年，可以说是南大的黄金期。他营造了诚朴厚重敢为天下先的好校风。整个学校生机勃勃，活力四射，校园里弦歌阵阵，学生刻苦攻读，教师挑灯夜战，物质生活虽然匮乏，但精神生活充实，心胸和畅，全校师生员工凝心聚气，都在为振兴南大尽责尽力。好的努力自然结出好的果实，1960年6月，全国文教群英会上，南大荣膺全国高校先进单位。同年10月，中共中央决定增补南大为全国直属重点高校之一。南大从此迈上了一个新的台阶，跻身于全国名校的前列。

郭校长英俊挺拔，走起路来，如玉树临风，气度不凡。他总是阳光拂面，充满自信。虽是戎马倥偬几十年的老战士，但身体里仍然氤氲着芬芳的书卷气。这是一个具有坚定信念和丰富精神世界的人。正是这种人格魅力和亲和力，征服了南大人。几十年来，他在南大的业绩和风范，始终为南大人所铭记、感念。

　　青松翠竹长随影
　　一代学人永忆秋

2009年8月19日，我在郭校长塑像前漫步流连时，即景生情，口占了这副嵌字联，现记下，作为奉献给郭校长的心香一瓣。

2013年5月20日校庆111周年

刊《南京大学报》2014年5月30日（总1128期），又刊于《南大校友通讯》2014年秋季版（总第64期）

独向深山深处行
——忆胡小石师

恩师胡小石先生是学术界的一代宗师，学问渊博，兼为文字学家、史学家、文学家、艺术家。他于古文字、声韵、训诂、群经、史籍、诸子百家、佛典、道藏、金石、书画之学，以至辞赋、诗歌、词曲、小说、戏剧，无所不通，尤以古文字学、书学、楚辞、杜诗、文学史最为精到。面对这片学术海洋，我无法全面记述，只能从亲身经历中撷取几桩印象最深的，宛如大海中的几朵浪花，奉献给大家。

我是1952年全国院系调整后考入南京大学中文系的。回想起来真够幸运，当时给我们开蒙授课的，多是全国知名教授，如中文系胡小石、陈中凡、方光焘、罗根泽、陈瘦竹，历史系王绳祖、蒋孟引，外文系范存忠、商承祖、陈嘉，还有南京师院的唐圭璋、孙望等等。其中，最令我终生难忘的就是小石师，是他，以古典诗歌精深微妙的无比魅力震撼了我，启迪了我这个懵懵懂懂的学子，对古典诗歌产生了浓厚兴趣。1956年大学毕业后，我有幸成为老师门下的一名副博士研究生，在他的亲切教诲下走上古典诗歌的教学与研究之路。

一、独会灵均九死心的"楚辞专论"

大学三年级时，小石师为我们开设了一门选修课——"楚辞专论"，我任课代表，常有机会与他接触，向他讨教。我当时怀着敬重、好奇、渴求的心情认真聆听每一堂课。

为时一年中小石师结合史学、经学、文学三方面讲授楚辞，其中对《离骚》讲解尤详，几乎花去大半时间。他以史学家的卓识、经学家的谨严、文学家的别具会心，给我们生动刻画出中国文学史上第一位伟大爱国诗人屈原的心路历程。聆听他的点拨，犹如醍醐灌顶，领悟到很多从未知晓的道理与方法。老师讲《招魂》，不仅根据《史记》屈原传赞来纠正王逸以来认为是宋玉所作的错误看法，断定为屈原所作，并从考古学角度列举楚墓的大墓群新出土的精美绝伦文物加以印证，由此推知诗中所写楚国贵族生活确有现实依据，并非虚饰夸张，不是过之而是不及。诗中所描绘的魂归来后在生活上所享受的那种豪华侈靡、铺张排比程度在人世间最高，只有像大领主身份的楚王才有资格享用，而像屈原这样身份是担承不起的。因此老师认为《招魂》主旨是屈原招楚怀王之魂，非楚国之魂，亦非自招。

老师对"九歌"的研究，自出手眼，独创新说。他否定胡适、陆侃如等主张"九歌"为屈原以前民间歌曲的说法，也否定"九歌"为楚人祀神之诗的说法。他认为"九歌"中的大部分诗篇是屈原个人的抒情诗，写的是人神恋爱，写人追求神或神追求人。如《云中君》、《湘君》、《湘夫人》、《东君》、《山鬼》、《河伯》、《大司命》、

《少司命》都是写追求爱情遭致失败的悲剧，这与《离骚》写追求神女不成的爱情悲剧是一样的。其实老师早在1921年于北京女子高等师范讲楚辞时，即用人神恋爱的新说来解释楚辞中的爱情描写，他在七十多年前就把楚辞的研究工作大大向前推进了一步。此功实不可没。

小石师对名物训诂极为重视，他说读楚辞必须懂得其中香草美人的比兴象征含义，所谓"善鸟香草，以配忠贞；恶禽臭物，以比谗佞"。他运用清代乾嘉学者的研究方法，结合自己早年学习生物学的深博学养，重调查，讲实证，对诗中很多名物训诂作出新的阐释。为便于我们认知，往往随手画在黑板上，准确，形象，使人一目了然。例如讲到车制，他便画了多幅古代车形图，正面、侧面、俯视、局部的都有。讲到宫室制度，他便依据《仪礼》推测画出墙院、门、庭、堂室的图形，并将古代房屋结构一一剖示。明乎此，我们对《国殇》中敌我双方兵车激战的场面，《离骚》中驾飞龙远逝，《东皇太乙》的祭祀，《湘夫人》的"筑室兮水中"都有了形象化的感知与理解。

为使我们清晰了解屈原的遭际，老师特在黑板上绘出屈原的流放图。下课后，他把此图原稿给了我。我一直夹在楚辞书里，保存至今。这是一张练习本大小的白纸，上面用黑铅笔画了洞庭湖和周围的水系，写上地名，再以红铅笔画出三次流放与东行的路线，最后以蓝黑钢笔标上醒目的"一放"、"再放"、"三放"、"东行"的字样。如今悠悠岁月已把白纸浸染成黄色，周边因变脆而破损。但留在纸上的那些畅美线条与遒劲文字，一点一画都富有生命活力，历历照见出小石师对教育事业殚精竭虑、一丝不苟的宝贵精神。

　　小石师更以诗人的慧眼会心对楚辞的诗美绝胜之处往复咏叹，心驰神往。记得他讲授《湘夫人》吟诵到"嫋嫋兮秋风，洞庭波兮木叶下"时，竟忘情地赞叹："啊，这两句太好了，好得无法形容。"从老师的赞叹声中，我们明白了一个简单的道理：文学最忌抽象的表现，贵乎用一种形象的语言。与其空说春景明媚，不如说"杂花生树，群莺乱飞"。与其空说秋容惨澹，不如说"嫋嫋兮秋风，洞庭波兮木叶下"。他激情难抑，一连串背诵了很多由此诗句变化出的名篇佳句，如谢庄《月赋》的"洞庭始波，木叶微脱"，柳恽《捣衣诗》，以及一些唐诗、宋词等精彩篇章，将我们引入胜境。

　　"楚辞专题"课为我们打开了一座由楚辞所营造成的辉煌无比的艺术殿堂，我们这些年轻学子无不为之惊诧，折服，久久留连忘返……小石师在给予我们强烈艺术感染的同时，也潜移默化地往我们年轻的心灵中注入一种为坚持理想、献身祖国"虽九死其犹未悔"的屈原人格精神力量。这一点，直到我在以后几十年的人生风雨征途上，才逐渐领悟到老师的苦心孤诣。铭记老师的教诲，我始终对《离骚》情有独钟，不仅熟读，背诵，在几十年的教学生涯中，一次次费时费力地向大学生讲授全篇，要求他们明其幽奥，取其神髓。冥冥之中仿佛是出于一种对老师的缅怀与报答。

　　"谁会灵均九死心？"（《十七夜楼对月》）小石师在他的诗中如此感喟、发问。"谁"？首先是他自己。他不仅对"灵均九死心"的内在艺术世界剖析得独到、透辟，给人以深刻的艺术启迪，他更以自己刚正不阿、光明磊落的一生，印证了他是一个真正理解屈原，并将其人格精神付诸实践的人。

二、最后一次讲座——专精独擅的"杜诗学"

除屈原以外，小石师最喜爱与崇敬的诗人就是杜甫。试看他在抗战时期写的诗歌，那激荡在其中的哀民生之多艰、感时伤世、愤乱疾邪的思想感情，无不深受屈原与杜甫的影响。

小石师称赞杜甫是一位"诗国革命家"，作诗总是以求新为贵，他学习许多的古人，但同时又推翻他们。因为在杜甫看来，从来没有一家不好，同时又没有一家尽好。老师概括杜诗特点有三。一是用字上极重锻炼工夫，特别是注重动词的创造运用。二是内容上大大开拓了诗歌领域。杜以诗描写时事，为诗之历史化；以诗发抒议论，为诗之散文化。杜诗不愧为"诗史"称号。至于老杜冲决旧藩篱，化赋为诗，文化捏注转换，局度弘大，在诗史上独辟一途，是前所没有的。三是声调上变化创新，用一调即变一调，力避前人走过的老路。

早在1921年，小石师就给北京女子高等师范的学生讲授杜诗。他的当时学生、今上海华东师大教授程俊英回忆说："胡老师最喜欢杜甫，谈起他的经历及诗作，感情充沛，眉飞色舞。下课后，冯淑兰（沅君）笑着说：'胡老师可能受元稹'自诗人以来未有如子美者'一语的影响吧。'我点点头。"

事实的确像程、冯二位教授所说，小石师对杜甫的挚爱是深厚而绵长的。距1921年整整四十年之后，在老师离开人世的前一年，也就是1961年五月，在南京大学纪念校庆举办的讲座中，他以七十三岁高龄的抱病之身，走上讲台，满怀激情地把自己最喜爱的诗人杜甫及其诗作精华《北征》与《羌村三首》介绍给广大师生。老师一生南北主讲席者达到五十三年之久，这次是他生前所作的最后一次讲座，是他留给我们的最后一笔精神财富，弥足珍贵。讲座的听众很多，除中文系师生外，还有外系师生，整个大教室内座无虚席。当时南大校长郭影秋、副校长范存忠、南京师院名教授段熙仲等，都专诚来听课，就坐在我的前一排，我见他们一直兴味盎然，专注聆听。

小石师首先结合诗作的时代与区域，在黑板上画出地图，勾勒出杜甫由长安→奉先→白水→鄜州→长安→凤翔→鄜州的行踪，然后把《北征》与《羌村》作了比较，说：这两首诗写作时间紧相连接，《北征》稍后，要互相参看。在杜诗中，《北征》最长，《羌村》较短。从剧本说，《北征》是连台本戏，《羌村》是折子戏。从演员说，前者是长靠戏，有套数；后者是短打戏，折子。以诗而言，长诗波澜起伏，有张有弛，结构上未必段段精彩，而是有些精彩处，也有可以唬得过去的地方。而短诗则是集中、精练、吸摄人心，精彩处可使人易于感到，表现出来。《羌村三首》每首各从不同的角度着笔，每首都很精彩。

小石师结合自己的生活体验，以丰富的材料逐字逐句分析了二诗的思想与艺术成就。他讲《北征》时，自谦是对这首大诗作一点"小笺"，一是小考证，小的修饰技术，具有特色者；二是杜为什么作此诗，主旨何在，提出己见。他以走路为喻，生动地说明唐代文学的发展趋势。初唐文学是走在长门闾巷；盛唐文学是乘着高车驷马在康庄大道上奔行,旁若无人,壮阔无前(如李、杜二公);中唐文学有的是在园亭中休息(大历十才子),有的是爬山,走险峻羊肠小道(韩、孟、贾),有的是在大平原上兜圈子(元和诸公);晚唐文学是离开陆地走水路,舍车而乘舟了(小令、词应运而生)。

《北征》为杜诗中大篇之一,结合时事,加入议论,将诗与散文融合为一;波澜壮阔,前所未见,且影响深远,为后来古文运动家以"笔"代"文"者开其先声。《北征》结构出于赋,既兼有众长又独抒己见,可谓古为今用。在风格上不近于国风而近于小雅。含有小雅的怨悱,但表现得隐微,难以看出,因为作者受到"温柔敦厚"诗教的影响。

对诗中的警策处,老师一一点评阐发。例如"旌旗晚明灭"不言日,只描写旌旗,而斜晖与晚风都依稀可见。"我仆犹木末",人非猿猱,怎能行于树杪?原来诗人写景,往往只取片时的感觉印象,不加任何说明,此是一种手法,乍看似无理,而奇句却由此而生。诗要通,又要不通,要不通之通。诗的好处就在于此,如果全写通,就索然无味了。"天吴及紫凤,颠倒在短褐",天吴短褐,正以两者不伦而相聚为奇。如《水浒传》:"拳头脚尖一齐下,打得大王叫救人。"以大王之威而呼救,其妙也在不伦。古人多有这种手法。诗中"瘦妻",本是前年"香雾云鬟湿,清辉玉臂寒"诗中人。今写其瘦,正见安禄山乱事之惨酷,反映直至妇女颜面上。人生一枝一叶,无不与时代社会息息相关,等等。

篇末"凄凉大同殿,寂寞白兽闼"二句,自宋以来注家皆未注意,也未得其解。老师据史料进行分析,精辟指出:此为一篇主旨所在。原来杜甫早于灵武擅立、成都内禅之日，已预见玄、肃将来父子关系必至恶化，因此不待南苑草深，秋梧叶落，便开始感叹上皇暮境有悲凉之感。诗用意深微曲折。

老师又举杜甫《奉先咏怀》与《写怀》二诗作比较，见出中晚岁思想的极大质变。杜历事既久，阅事转深，有鉴于玄、肃宫廷骨肉政争之酷烈，悟出礼为忠信之薄，孝慈生于六亲之不和。因此举出平日所受诸儒家之信条，及认为所以维系封建统治之纲常名教，全部付之粉碎虚空。此对杜甫思想内涵剖析得切中肯綮。

小石师对《羌村》也作了精彩评析。他说《羌村三首》小诗所写情景，多可补《北征》中所未及道者，篇幅虽小，而天宝末年之大乱，人民所受之痛苦，皆反映于字句中，并非仅为诗人自己的发愤抒怀。

前辈诗人在技术上有一控制世间万象的武器，就是动词。动词的选择与烹炼，须求其生动，深刻，新颖而又经济，可谓煞费苦心。如诗中"妻孥怪我在，惊定还拭泪"的"怪"用得好，因兵荒马乱，妻子以为丈夫已死了，疑怪丈夫还活着，故用"怪"字。如用"喜"字反而肤浅了。"定"一作"走"，后者不通，因为夫妻之情，不会见丈夫"怪"而"走"开的，必然是用"定"字。

小石师就诗中"柴门鸟雀噪，归客千里至"二句引发开来说，看来这像是大白话，字面上什么也没有，清汤白水，其实它是极经济的，炼而又炼的。正如我们搞基建，打地基很花钱，大家看不到，看到的则是地面上的东西。讲到"邻人满墙头，感叹亦歔欷"时，他赞叹说：这二句好得很。一是表明哭声来得突然，来不及由门而人。二是门久不开，雀儿满门，不便行走。三是唐代墙头很短，邻舍多团集，故言满。但言"满墙头"，不更详说，以急迫之笔写出，与当时情景正相应。就在我们看不出有诗的地方，他却能探其微妙，开掘出深长浓郁的诗味来，这正是小石师诗学的专精独擅之处。

结合《羌村》所写的"酒"，小石师从科学史上将我国酒的历史变化作了生动的考证与论述。原来酒有两种，一是淡酒，一是烧酒。元代以前，中国只有淡酒，叫做"醴酒"，等于今天的酒酿。它又分清、浊，滤去滓的谓"清"，有滓的谓"浊"。这类酒可以多饮，因此"千盅"、"百觚"、"斗酒"的记载屡见不鲜。烧酒最初发源于阿拉伯，由蒙古人传入中国内地，从元代开始，中国内地人才饮用烧酒。此酒是"蒸熬取露"，用蒸馏法制成，味甘辣，不能像淡酒那样多饮。

小石师说读诗需要细心观察、比较，了解作者的习惯、性格，以推知其为人。他举例说，杜甫对待动物的感情不一样，厌恶鸡、虫，喜爱鹰、马。鹰和马是神骏的动物，由此可知杜甫是"神骏者"而非"酸丁"。他谈到唐宋人有一不同处，即宋人喜老，并以此命名，如商老、渭老、铉翁、了翁之类，其名少时即如此，由此可见宋朝的不振。唐人喜欢年轻，反映出国力的强大。老师说他一向喜欢唐人，不喜欢宋人。

小石师对杜诗含英咀华，深得其中三昧，多发前人所未发。他讲起课来，纵横开阖，触类旁通，既放得开又收得拢，既有文学家的激情想象，又有科学家的冷静严谨。他不论谈什么问题，哪怕是一个看来枯燥的考据，都能引人入胜。那次讲座真是满堂生辉。他自始至终抓住听众的心,与之交流,共鸣,与之一道去感受杜甫"穷年忧黎元,叹息肠内热"的脉搏跳动。

那天发生的一桩趣事至今犹在眼前。

小石师是海内著名书法家,他的书法讲究用笔、结体、布白,有血有肉有感情,一点一画都具有破空杀纸的强劲弹力。大家对他的书法非常珍爱,一边听一边欣赏。当板书需要更换时,有位同学上前帮忙去擦黑板——突然,听众中响起一片"不"的反对声,一时间那位同学手持板擦不知所措,后来还是忍痛擦去了一小片。小石师见此情景,不禁哑然失笑。

小石师讲毕,领受这次难得的高层次艺术洗礼的听众,仍然端坐未动,一个个沉浸在诗美的回味之中。这时,郭校长走到台前,作了简短发言。他说胡老的诗学造诣如此精深,就在于他书读得多,学问做得好,知识渊博,生活体验丰富深刻。他要求在座师生都要向胡老学习,努力攀登科学知识的高峰。

讲座结束之后,我特地写了一篇专题报道,题为《胡小石谈欣赏古诗》,刊载在《光明日报》上。

三、学子的好导师　艺人的好知音

小石师是一位传道、授业、解惑的好导师。他为我们研究生亲自讲授多门课程,都是他多年研究的心血成果。其中有《说文部首》,他不同于一般学者简单地将《说文》看成是一部字书,而是强调文字、声音的统一。他强调《说文》是一部声书,讲课时始终贯穿"以声求义"这一原则。讲《甲骨文例》课,他以客观的态度,从许多例句的分析排比和词汇在句中的地位,来说明词汇的性质,对甲骨文字的诠释多所发现。《甲骨文例》早于1924年写成,在甲骨文语法的研究上,有先导之功。 这一科学的研究方法,有力地纠正了当时一些人以武断想象来解释甲骨文的错误。 此外还给我们讲过《考工记》中的专题以及"楚辞"等课。 记得有次在讲《湘君》、《湘夫人》时,老师顺带说了这么一句:从二诗内容的分析比较看来,也不排除有可能是写同性恋的。 当时,我听了这话,大为震惊不安。 小石师虽是年近古稀的老人,但思想活跃,性格开朗,接受新事物快,各种各样的新书都读得很多。 他这一看法显然是受到西方文化人类学著作的启发。 在当时的政治气候下,他的这种说法是极其大胆又冒风险的,若张扬出去,弄不好就会被扣上"资产阶级腐朽观点"大帽子的。

小石师从没有门户之见,总是鼓励我们"转益多师"。 他特地请来南京图书馆研究员陈方恪(系陈三立先生第七子)为我们讲《目录学》课,陈先生是近代有名的诗人、才子,学识渊博,对晚清文坛的掌故逸事了如指掌。 他的课堂上,我们获得很多在书本上学不到的、活的文史知识。 为了给我们打好扎实的史学基础,老师专程派我们去上海华东师大历史系跟束世澂教授进修古代史,为时两个月。

老师一贯诲人不倦,平时对学生既严格要求又热情关怀。 学生遇有问题向他讨教时,他总是非常高兴,喜欢用明快、生动的语言来拨开迷障,让你豁然开朗,每次都会给人留下难忘的印象。 记得有一次,我问他有关古诗的格律问题,他解答完后,又补充告诉我

"格"与"律"的不同。他幽默地说:"格可变,律不可动。就好比每人脸上都有两眼一鼻一口,这是不变的律。但每人的眼口鼻都有长短、高低、大小之分,这是可变的格。"听了这一妙喻,我顿时感到昭昭然,至今仍牢记不忘。还有一次,我问他关于汉赋的问题,其中我谈到汉赋字汇难认,有点可怕。他听后笑着说:"别怕,别怕。汉赋字汇像恶花脸一样,看起来可怕,其实是纸老虎,你可以用同声来推求,这样就能解释开了。"听他说这话,我想起老师在教我们楚辞及其他课时,常常运用清代朴学家"声有不通以义求之,义有不通以声求之"的方法来解决书中的疑难问题,便照搬这个方法去试读汉赋,果然字汇就不那么可怕了。

我们做他的研究生特别值得庆幸的是,小石师给我们传授知识是没有"课堂"界限的。一遇有机会,他就兴致勃勃地带我们去接触外面的精彩世界。方式多样,不拘一格,或是看戏曲演出,或是去踏访古迹(秦淮河一带历史踪迹、六朝石刻等),或是邀我们去城南城北一些老字号的菜馆,一边品尝传统佳肴,一边谈今论古……就这样,使我们在赏玩活动中得到点拨,不断地开拓了知识领域,在潜移默化中提高了艺术素养。小石师对我们的这种亲切关怀与培养,当时曾引起我们专业以外的研究生们羡慕不已。

小石师一生酷爱昆曲。当时中央正积极贯彻民族戏曲百花齐放推陈出新的方针,1956年在北京满城争说昆曲《十五贯》,因为一出戏救活了一个剧种。记得老师对此非常兴奋,特地带我们去看昆曲《游园惊梦》,对省苏昆剧团新秀张继青的技艺、唱腔极为赞赏,并为我们细加评说。他曾多次向我们述说昆曲界的悲惨往事:抗战前苏昆剧班来宁演出，卖座有时不到一成。他每场必往，并与黄侃先生合买数十张戏票，邀学生一道去看。然杯水车薪，无济于事，剧班演毕，几乎无钱买车票回苏州。抗战期间，剧班更加潦倒，傅字辈艺人有的甚至因冻饿而死于街头。……老师说到当前，脸上焕发出光彩；如今南昆北昆都重新获得生命。南昆傅字辈艺人都归回本行，登场演出，并培育后进，世字辈与继字辈的优秀者接踵而起。老师为此特别欣喜，逢人便称道。南昆艺人很敬爱小石师，称他是昆剧的"保护人"。

在老师的熏陶下，我对昆曲也产生了兴趣，当文史馆邬铠老曲师来校开设昆曲课时，我每课必到，学会了一些昆剧名著的唱段，懂得了一些昆曲的音律与剧种特点，欣赏水平也得以提高。

除昆曲外，小石师对其他剧种与演员，也积极扶植，热情关怀，常常带我们去观摩。他曾带我们听苏州评弹，对当时的评弹新秀杨乃珍赞不绝口，提携有加。汉剧名角陈伯华来宁演出《宇宙锋》，他邀我们前去观看，使我们大开眼界。观后，老师写诗赞之："宛转歌喉一串新，汉滨如见弄珠人。乍逢赵女来秦殿，何减梅家有洛神。劈面凄凉传古恨，批鳞慷慨奋微身。繁灯急管移情地，莫向遗编问假真。"将"赵女"（陈伯华）、"梅家"（梅兰芳）相提并论，足见他对陈伯华才艺的倾倒之情。京剧著名武生张桂轩，年八十六犹登台饰演赵云斩五将。张老尤擅演《翠屏山》中之拼命三郎石秀，持重数十斤的真钢刀登台，运转如飞，令人惊叹。老师对其甚为钦佩，我们也随之欣赏了这位老前辈的精彩表演。老师写两首《赠张桂轩》诗，其中一首曰：

薄海同欢春色回,孤花憔悴也重开。
　　翠屏千尺松林路,灯影刀光见汝来。

四十年后的今天,展读此诗,张老饰演石秀的英武雄姿犹宛然在目,小石师诗笔点睛的超轶才情,更令人拍案叫绝。

　　这里,我特别要提一下小石师与艺人董娘之间的珍贵友谊。据老师的高足、原南京博物院院长曾昭燏忆述,董娘(莲枝)抗战前在南京唱梨花大鼓,声音高绝,尤善"闻铃"、"悲秋"诸曲,师笃好之,每登场必往。曾赋绝句曰:

　　四座无声弦语微,酒痕护梦驻春衣;
　　年年花落听歌夜,雨歇灯残不忍归。

抗日战争爆发,董流徙于武汉、重庆,仍以演艺为生,师于颠沛流离之中,亦时往听之,曾赋五绝曰:

　　听汝秦淮碧,听汝汉水秋,
　　听汝巴峡雨,四座皆白头。

又曾与友朋在重庆同听董歌,赋三绝句曰:

　　巴蜀谁言是比邻,江楼邂逅乍眉伸;

君看急鼓凄弦里,尽是亡家破国人。

水阁秦淮灯万里,董娘秋老唱《闻铃》;
郎当此日同为客,夜雨千山忍泪听。

望江峡里悲江令,念孔桥西遇柳生;
桑海徽歌莫辞远,曲中犹有太平声。

师于艺人,爱之重之,视若门生、友朋,与当时之徽歌品色者截然不同,故董亦视师如前辈。 1939年,师居重庆,慈母去世,师扶榇葬于重庆南岸。 董所居距葬地不远,时盛暑,知师将过,与其夫陈君于路旁张盖设茶水以待。 师甚感之,云:饮此一杯水,胜于富家珍馐百味万倍也。

我从小石师现存的诗作中检寻,他为董娘所赋之诗有八首之多,首首精彩动人,皆是由肺腑中流泻出的真情心语,饱含着对董娘才艺的爱重、对祖国民族兴亡命运的深深忧虑。 除上述五首外,现将另三首也一并抄录如下:

解唱《霖铃》是董娘,流人一听鬓如霜。无端今夕沙头月,又逐歌声入夜郎。(《闻董莲枝赴金城江》)

弦急灯残梦影微,《淋铃》听罢泪沾衣。天涯犹是秦淮月,留照歌人缓缓归。(《四月十六夜,昆明遇董娘,为吾唱〈闻铃〉也》)

直到小石师晚年,一次偶过秦淮旧楼,触景伤怀,又写下最后一首忆董诗:

小鼓双铧凤定场,烽烟飘泊向蛮荒。《淋铃》一曲肠堪断,何处天涯问董娘?

"何处天涯问董娘?"这一绝唱永远给后人留下了不尽的怀想与惆怅。 董娘不过是旧社会一名地位低贱的艺人,而身为名教授名学者的小石师对其艺技、人品如此珍爱、尊重,与她结为莫逆之交,几十年来不断为她赋诗,仅此一端,已足可揭示小石师人格的高尚,感情的率真。

四、吾生譬行文　安问淡与绚

小石师曾在《即事次韵》一诗中写道:"吾生譬行文,安问淡与绚?"言为心声,诗如其人。 他一生淡泊名利,为人正直峻洁。 在新中国成立前目睹外患日深,生民涂炭,对国民党的黑暗统治深为痛恨,曾公开拒任中央大学校长,并与学生一道游行请愿,险遭不测。 新中国成立后日月重光,老师备受党和政府的敬重,在政治、文教各领域都担当重任。 他老而弥坚,志在千里,誓以其毕生贡献给祖国人民。 综观老师的一生,不正像是一篇写得既平淡又绚烂、自然而瑰伟的好文章吗。

小石师一生在学术上有自己的执着追求,用他的话说是"前不同于古人,自古人来,而能发展古人;后不同于来者,向来者去,而能启迪来者。"这话可以概括他一生治学作文的宗旨。作为一代宗师的小石师,其毕生治学的最大特点即在于独出手眼,有自己的真知灼见,决不俯仰随人,亦步亦趋。正像他在《中国文学史讲稿》中所说:"凡是真正特立杰出之人物,决不屑走人家已走过之旧路。"也正像他在一首题为《岳麓山中》诗中所写:

> 独向深山深处行,道人拥帚笑相迎。
> 清丝流管浑抛却,来听山中扫叶声。

我很喜爱这一首诗。乍看上去,它是写诗人独行深山深处即兴而生的一种感受体验,细细品味,此诗是老师对人生,对治学作文的独特感悟与追求。他不屑去蹈袭人们走过的平坦旧路,偏向人迹罕至的深山深处去独辟蹊径,去寻求新的发现。在他看来,深山深处拥帚道人的"扫叶声"竟比尘世间的"清丝流管"音乐更加美妙动听。这是一种何等特立杰出的新境界,小石师毕其一生执意追求的正是这种新境界。

小石师曾说:学有造诣的人应兼具"儒林"、"文苑"之所长,既能搞研究,也要懂创作,在知识领域内,要达到既深且广。他自己正是如此。对于古典诗词,他不但致力研究,而且付诸实践,成为一位著名诗人。他一生所写诗词甚多,惜在十年浩劫中毁没殆半,后经吴白匋教授多方搜辑,始汇集为《愿夏庐诗词钞》计有诗二百五十一首,词十九阕,约存全貌之半,令人痛惜至极。小石师早年拜陈三立先生受诗学,由专习唐人七绝入手,而后兼习各体。因此老师生平讲诗学，最长于剖析唐人七绝，曾著有《唐人七绝诗论》。他所作绝句，指趣神妙，风调隽美，直追中晚唐。陈三立先生赞其诗："仰追刘宾客（禹锡），为七百年来罕见。"今人钱仲联教授主编的《近代诗钞》录入小石师诗作达八十多首，称其风格独特，"玄思骛想，百锻千炼"，足见老师诗作在近代诗坛上的地位。

值此小石师冥诞一百一十周年之际，让我借用曾昭燏先生所写小石师墓志铭的两句结语，来表达我这个晚期弟子对先师的诚挚悼念之情：

千秋万岁,发潜德之幽光；
秋菊春兰,寄哀思于泉埌。

1998 年 7 月 2 日

初刊于《胡小石研究》，南京博物院《东南文化》1999 年增刊。先后收入《中华学苑随笔·走近南大》（四川人民出版社 2000 年版），《学苑奇峰——文史学家胡小石》（南京大学出版社 2000 年版），《金陵书坛四大家——胡小石》（南京出版社 2003 年版）。

忆子铭二三事

我们与叶子铭两家可算得上是"世交"了。我、王立兴与叶子铭、汤淑敏是相识相知达半个世纪的老友、好友。我们的女儿海若与他们的女儿雪泥二人同一年出生,又同在南京四中同班读书,结为同窗好友。两个孩子之间有很多惊人的巧合之处:同龄,同学,1990年先后获得奖学金赴美读研,毕业后都留在美国工作,先后结婚,又于同一年各添得贵子,都拥有温馨美满的小家庭。如今,又都在各自的事业领域拼搏着,书写人生的新篇章。

回忆起与子铭五十年来的交往,历史积淀叠印的镜头多得不可胜计,真不知从何说起。这里只好撷取几件印象较深刻的事来表述一下。

"我一定要回来"

子铭于1953年考入南大中文系,他比我们低一班。学生时代的他全面发展、品学兼优,一直担任班级干部,当过系学生会主席,喜爱打球,曾被学校评为乙级优秀生。读大学期间我们和他很熟悉。

1957年夏天,正值他大学毕业前夕,政治风云突变,同班三位同学在"大鸣大放"中被划为"右派分子",当时身为团支部书记的他对此想不通,仗义执言,为同学鸣不平,并对历次政治运动按比例划分反革命分子的做法提出不同意见。这种"异端"言论在当时无异于以卵击石,惹来横祸,在党内遭到了严厉批判,并受到了推迟分配、延长党员预备期一年的双重处分。同学们都分配了工作,纷纷离校,他却被滞留学校一个多月,心情沉重,写诗吐诉道:"人尽室空,残笺狼藉;墙上孤灯,旧影难忘;同窗四载,一旦云别;此情此景,忆痕重重。"足见他当时的伤痛之情。子铭非常热爱母校,渴望留在南大优越的学术环境中继续深造。眼看当时班上很多同学(包括他的同乡同窗好友黄景欣)都被分配留校工作,他感慨万千,心潮翻腾,如果不因受处分,他这位优秀学子肯定也会留在南大,实现自己的愿望,如今只好由命运之神安排了。随后他被分配去苏州医学院当院刊编辑。领导答应他可以报考研究生,他便白天上班夜晚苦读备考。果然皇天不负有心人,第二年3月他考回了南大,成为陈中凡教授的研究生。当时我是胡小石教授的研究生,大家同属于古典文学专业,又同在一个研究生党支部,彼此的共同语言很多,相处得很好,无话不谈。一次在谈心时,他向我坦言:"当年我不愿离开南大,分配工作时,我内心非常痛苦,特地准备了一把小刀,临走前在老图书馆门前的一棵树干上刻下了'我一定要回来'六个字,如今总算实现了……"这时的他洋溢着战胜噩运的喜悦,充满了对光辉明天的憧憬。他还向我透露出一个"秘密",在苏州医学院工作期间,有位很好的姑娘见他夜以继日地工作、苦读,对他特别关切,并真诚地向他示爱。他很感动,但最后还是婉拒了，因为他一心要回到母校来，他不愿意为了恋爱停滞了自己的前进脚步，干扰了自己所追求的人生目标。

子铭回来了，回到他日夜思念的母校，回到他酷爱的文学园地上进行自由耕耘了。从此他将自己的一生都奉献给了中国现当代文学研究、茅盾研究、文艺理论研究事业，并做出了卓越成绩。他一生也为母校研究生培养、学科建设以及全国汉语言文学学科学位制度的建设与完善，竭尽全力，做了大量工作。这些都为大家熟知并给予了高度评价。

这里想补充的一点是，子铭早期所涉及的文学领域是很宽泛的，这为他后来的研究工作奠定了坚实的基础。例如他在进大学之初，曾一度迷恋诗歌创作，悄悄编成《沉思集》、《随意集》、《故乡行》等诗集，以后也有感而发，写过一些诗篇，但一直秘藏不示人。如今展读这些诗篇，青春时代清新之气扑面而来，字里行间都是从肺腑中流泻出的汩汩真情，亲切感人。

在大学时代，他如饥似渴地阅读大量中外文学名著，中国古典文学方面他涉猎过古代神话、陶渊明、唐传奇小说，并产生过浓厚的兴趣。1959年3月，研究生尚未读完，新来的系主任俞铭璜鉴于系里教师断档，青黄不接，决定将四个研究生（叶子铭、周勋初、侯镜昶、我）提前毕业，留系充实教师队伍，全部分配在古典文学教研室，担任教学任务。子铭和我除白天在学校上课外，每周还要到鼓楼职工夜大学去讲授中国文学史，我教先秦至隋唐部分，他教宋元明清部分，大家经常在一起切磋，互相帮助。他在做研究生时对代表北宋文学最高成就的大文豪苏东坡特别推崇爱好，平时着力搜集有关苏东坡文艺思想的各种资料。有一次他带着一包资料来到我们家，与立兴饶有兴味地谈论他对苏东坡文艺思想发展的研究心得，并征求我们的意见。当时我开玩笑地说：你对茅盾四十年的文学道路走通了，又要来打通苏东坡的文学道路了。他笑着说：不错。我是想从这位继往开来的大家苏东坡的创作道路下手，把整个宋代文学拎起来。当时他已写有《论苏东坡创作道路》书稿提纲五万字，已列入中华书局出版计划，可惜他之后因任务转移而未能最后完成此书，书稿在"文化大革命"中烧毁。为此他一直引以为憾。

他不适合做官

80年代中期，子铭被教育部特批为教授、博士生导师，又被委任为国务院学位办学科评议组中文组第一召集人。校内外繁重的教学科研与社会工作担子都压在他那瘦弱的肩膀上，他又是一个认真负责、一丝不苟的人，为了完成任务，他放弃了个人的休息娱乐，成天夜以继日地苦干，殚精竭虑，呕心沥血。每次相遇，总见他双眉紧锁，大谈任务重、工作忙、会议多、上下人际关系复杂、难以处理协调，等等，连声叫苦不迭。我们听后很同情，但也无良策可献，只有劝他多关注健康，要他每天尽量抽出点时间锻炼一下身体。经立兴的再三动员，在淑敏的带领下，他一度加入了我们的晨练大军，每天在学校大操场上转悠几圈。但只坚持了十多天，便因为太忙，出差，开会，开夜车，长期养成的晚睡晚起习惯，从此偃旗息鼓，不见了人影。我嘲笑他不是"一曝十寒"，而是不"曝"只"寒"了。

有一件旧事，不妨在这里重提一下。

有一天，当时担任江苏省委常委、宣传部部长的孙家正同志给我们打来电话，说是马上要来我们家面谈一件事。我们便在家等候。家正是中文系科班出身，在大学时代就是品德与业务兼优的好学生，一直在师生中有很好的口碑。在"文化大革命"的腥风血雨中，我们这些教师们一个个都变成了"牛鬼蛇神"或"准牛鬼蛇神"，往往会遭到造反派学生的白眼、辱骂，甚至棍棒相加。而家正在当时则截然相反，每每见到老师，仍一如既往地向老师有礼貌地打招呼。仅这一小小举止，就彰显出他不随波逐流的可贵人品，令老师们感动不已。那一天家正来我家谈的事是有关子铭当"官"的事。家正说省委领导根据不少同志的推荐，考虑把德才兼备的子铭列为省委宣传部副部长的人选，他特为这事来征询我俩的意见。他说：你们与叶老师私交很好，对他很了解，请谈谈你们对此事的看法。

我和立兴都摆出了自己的看法：子铭不适合做官。

我们认为子铭是个秉性淡泊名利、不求飞黄腾达的人。早在大学时代因研究茅盾而与茅盾这位文坛泰斗有较多个人交往，但他从来没有以此作为资本来炫耀过自己。毕业后留在系里工作，子铭与景欣两人分别在全国文学、语言学研究领域崭露头角，他俩的论著引起了学术界的瞩目，也因此受到当时的中文系主任俞铭璜同志的激赏。俞主任多次赞扬叶、黄，有意将他俩树为青年教师学习的榜样，一时引起"诗必盛唐，言必叶黄"的议论。当时的子铭并未因受到表扬而骄傲自满，也未因遭到议论而消沉气馁，他总是保持平常的心态，兢兢业业埋头苦干自己的教学与研究工作，低调对待外界繁杂的人事纷争。1961年春子铭曾被借调到华东局宣传部协助工作，去后不久即被以群同志邀去编写文科新教材《文学的基本原理》，书出版后被很多高校用作教材，起了广泛的影响。此时，组织上曾动员子铭留在上海，调华东局宣传部文艺处工作。可是他一心眷恋自己的学术事业，执意返回母校任教。这是他不求为官闻达，只求过学术生涯的最好证明。

把子铭放在什么岗位上最能发挥他的作用？我们认为他最适合的就是目前的岗位，在南大做教授，兼任些有关业务的社会工作，干这种工作不是当"官"，顶多是兼职的"学官"，不是脱离他的学术专业改行去做的党政官员。后者的"官"，他肯定是不愿意做、不会做也做不好的。为了避免两败俱伤，我们劝家正还是另觅人选为好。家正笑着点点头，说回去再研究研究吧。

事情过后，我们和子铭、淑敏谈及此事，开玩笑说我俩堵了子铭升官的路。他俩笑道：好，好，太好了。到底是老朋友，最了解、最帮忙了。

前几年在子铭的赠书上读到他十九岁时写的一首《无题》诗："我来到这世界上，不是为了无忧无虑地吃喝，不是为了虚幻的荣誉与赞美；我要寻找那真正的歌，捕捉那飘忽于宇宙的音符。他告诉了我：人生是什么？"诗言志，诗如其人，从中照见出青年学子子铭追求人生理想的一颗纯朴赤诚的心。"虚幻的荣誉"早早就被他摒弃了。

美利坚感恩节之夕

那是 1996 年 11 月,我们正在美国探亲,住在女儿家,印第安纳州首府印第安纳波利斯市郊。 很巧,当时子铭应邀去香港讲学并到美国探亲。 他和淑敏住在麻州女儿家,跟我们通了电话。 得悉他们夫妇俩同时来美,我们特别高兴,大家相约在感恩节时见上一面。 按原定计划他俩本拟去爱荷华写作中心,可是子铭执意要到印地来看我们,于是便由他儿子星辰(时在伊里诺伊大学读研)驱车从芝加哥赶来。 为迎接他们的到来,我忙把家里内外拾掇了一通,并在我刻画的一幅克科贝里(美国先民崇拜的象征生育、收获、幸运的神人图像)上加写了"有朋自远方来不亦乐乎"的欢迎字样。当晚宾主共度感恩节,女儿按美国习俗烤了一只大火鸡(肚里塞满了各色美味配料),还准备了红酒与几样菜肴。 既为过节,又为子铭一家三口接风洗尘。 晚宴的气氛特别温馨、欢快。 大家一边分食火鸡、喝酒,一边侃大山。 只见子铭消退了多年来的"苦"相,由平时常见的内敛、凝重、不苟言笑的他,还原为青年时代的他:开朗、热情、妙语连珠,笑声不断——我和立兴深深被他多年来从未显现的真情性所打动,连他的夫人与儿子事后也跟我俩说:真难得,很久很久都没有看见他这么真正开心地谈笑了……记得他正在滔滔不绝时,突然戛然停住,沉吟不语,接着以严肃的神情望着我说:"吴翠芬,你还记得 1966 年 9 月有一天你叫我向造反派请假的事吗?"我当时听了一怔,被他问得一头雾水,什么"请假"?我摇摇头,说一点也不记得了。 因为当时子铭正戴着"走资派黑标兵"、

"30年代文艺黑线吹鼓手"、"新资产阶级反动权威"等大帽子被打进"劳改队"在校园内进行改造。有很多次与他不期而遇时,他为了怕连累我们这些朋友,总是佯作未看见,故意扭头避开。可每次遇到他,我偏要停住脚步,大声唤住他,给他打气,劝他要咬牙挺住,一定要等到水落石出、冤情昭雪的那一天。因为好多次遇到他,总是我说他听,他很少讲话。我实在想不起他提出这件"请假"的事了。他见我一脸茫然的表情,便一字一顿地说:"这——件——事,我——一辈子——也——忘——不掉。当时淑敏快要临产,你在中文系小楼旁边的小路上遇到我,问我有没有向造反派请假,回家照顾一下淑敏?我说没有。你当时很急,说一定要请假,生孩子是人生大事,你必须亲自照料才行。如果你害怕去请假,我就代你去请假!我当时点头答应自己去请假。你当时的这些话我一直到今天都记在心里,永远也不会忘记……"饭桌上原先的热闹空气突然冷凝了起来,大家都为子铭的这一席话动容。我万万没有料到,几十年前发生的、早从我记忆中抹去了的一件小事,竟在他的内心世界里烙下了如此深的印痕,足见他为人的恳挚,对友情的真诚。我被深深地震撼了。事后我和立兴谈起此事,感到世界上真正的友谊是无价的精神财富,君子之交淡如水,历时弥久情愈真,确是颠扑不破的人生之理。晚宴渐进入到高潮,大家的谈兴愈来愈浓,山南海北、古今中外地侃个不停。一向谨言慎行,口不臧否人物的子铭,也打开了紧闭的心扉,畅怀放言,指点江山,评说是非,和大家一直聊到深夜。——1996年美利坚感恩节之夕,"酒逢知己千杯少"的难忘之夜啊!

"利剑不在掌,交友何须多。"印地感恩节之夜,子铭动情地吟诵了曹植的这两句诗,淋漓道尽了我们彼此肝胆相照的情怀。是的,人生在世最难得的是葆有真正的朋友。愿两代的情谊,雪洁海深。("雪"和"海"取各自女儿名字中的一个字)

收入《别梦依稀——叶子铭教授纪念集》,南京大学出版社 2006 年 11 月。

忆郭老

弹指一挥间，六十年如白驹过隙。追忆与郭老的相识相知，浮现于脑海中的一些镜头总是那样鲜活……

我和王立兴于1952年考进南大中文系。在迎新会上第一次见到高两班的郭老（维森），他为新同学朗诵了自己的诗作，结尾两句至今还大体记得："让我们铺设一条轨道，通向共产主义的天堂！"只见他仰天挥臂，以豪迈的姿势定格于会场中心。自此我认定这位学长是个激情四射的诗人。第二年，他提前毕业，担任了我班辅导员，在不多的接触中又感到他竟是个温吞水的迂夫子。记得有一次全班同学都买了票要去看下午场的电影，他偏偏在此当口召开班会，慢条斯理地作关于人生观的大报告，同学个个如坐针毡，心急如焚，催班长速写告急字条递上，大家才获得"大赦"，一路狂奔而去。

1956年我大学毕业后在胡小石师教导下读研，郭老是助教，也一起听课。后来我提前毕业留系任教，与郭老成为同专业的同事。熬过了"十年浩劫"，又一起在程千帆先生领导下的梯队里共同培养研究生。多年来和谐共事，密切联系，无所不谈，深感郭老是一个真诚可靠的良友，在任何情况下他绝不会背弃你。

提起"郭老"这个称号，倒是我给他起的，当时是出于一种亲切的玩笑。由于这个称号很切合他为人的率真、迂憨特点，很快得到大家的认同而流传开来。竟未料到，在"十年浩劫"中惹出了祸端。一次系里全体教师开会批判"五一六"（郭老当时也遭诬陷被隔离审查），久违晤面，我情不自禁地顺口唤了一声"郭老"，哪知他怒气冲冲地发火："郭老——就是你第一个叫起来的！今天这里是什么场合，你还郭老不郭老呢……我已经为这个挨批了，批我妄自尊大，居之不疑呢！"听了这话，我大吃一惊，"郭老"二字竟害得维森背上了黑锅，真是欲加之罪何患无辞！我这个始作俑者实难脱罪责啊！直到郭老莫须有的"五一六"罪名抹除前，我都为此有点惴惴不安。

实际上，郭老并非书呆子、迂夫子，而是密切关心祖国命运、时事政治，善于明辨是非，疾恶如仇的性情中人。每每谈及社会上的歪风邪气与官场的贪腐丑闻，他就义愤填膺，挥舞起老拳，一如当年朗诵诗时的激情四射。直到晚年沉疴不起，他依然时时关注社会民生种种问题，令我自然联想到九死犹存报国哀民之心的屈原来。须知伟大的爱国诗人屈原正是郭老一生用力最勤的人物，也是对郭老精神影响最大的楷模啊！

郭老富有才情，他的文章不是作（做）出来的，而是写出来的。他不愿作质木无文的高头讲章，喜爱随意书写自己读书的特有心得感悟，因此他的著作文章往往透出个人的灵气与才气。这里我特别要着重提及的，郭老还是一个不为人知晓的出色抒情诗人。我与他几十年交往从来没有过一次诗作赠答，可是2009年8月初，突

然收到他送给我与立兴的一首诗。诗上题写"每日徜徉于校园偶有所感草呈一律谨呈王、吴二位方家请予指正":

> 六十年来著履痕,一花一树总相亲。
> 频繁噩梦惊风雨,亦有朝阳伴好春。
> 逝水滔滔恩和怨,浮云片片悔与欣。
> 星空仰望无限远,方悟刹那一粒尘。

洗砚斋主人敬呈

接读此诗,既欣喜地击节赞赏,又感到些许不安。近年来他身患重症,日渐羸弱,诗中以噩梦、风雨、逝水、浮云种种无常变幻的意象寓寄、追忆六十年来的人生辛酸,以无垠星空与渺小尘粒的对比,感叹宇宙永恒与人生短暂,透发一袭悲凉之气,流露出深沉的感伤情怀。显然这样的心态极不利于他病体的康复。当时的我,对此特别敏感,心尤戚戚。因为四个多月前,即当年3月底,我突然被查出癌症(晚期),并被告知生命大限只有四至六个月!一时间天昏地暗,有如五雷轰顶,肝肠撕裂,直感震悚,剧痛……背着全家亲人,我号啕大哭了一场,决心置之死地而后生,要为爱我的人与我爱的人活下去!很快我就在精神上挣脱出癌魔的掌控,在亲人们悉心呵护关爱下,经中西医综合治疗,终于攻破了"生命大限",安然度过了三年。每一天醒来,总满怀着生之希望,和相依为命的老伴一起迎接温煦的晨曦……接到赠诗,念及老友的身心病痛,我赶快提笔劝慰:

打油一首答老友洗（脂）砚斋主人

每人都是一粒尘，何须为此徒伤情。
噩梦风雨等闲过，恩怨悔欣一抹平。
一花一草生机旺，赖有朝阳暖在心。
躲进书斋成一统，自找乐子得安宁。

南秀村民敬复

我没有什么"雅"号，几十年来一直住在校区南秀村大院，便因地制宜拈出个"俗"号——"南秀村民"。看来我的"打油"起了点作用，他后来出书将结句"方悟刹那一粒尘"，改为"多彩人间何处寻"，惜与原诗意味情韵难以水乳交融。

之后，又收到了他的两首赠诗，一首是为我所画的"垂枝梅"题写的：

柔条似柳，
繁华如星。
清韵悠然，
可付流莺。

读后我大喜过望，想不到郭老还是个赏画高手呢。他以诗人独具的慧眼与灵敏的通感升华了拙画的意境与韵味。画者未必然，观者未必不然啊！记得一次小聚聊天，郭老打趣说是我绘画的"粉丝"，在座的淑敏也称是"粉丝"。真焉？假焉？"荣幸"突然而降！大家相互调侃了一阵子。

另一首是郭老、学梅同贺我们金婚之禧的：

> 疑是梅恋柳，
> 又似柳慕梅。
> 不效风逐沙儿缠绵舞，
> 不羡蝶绕花儿蹁跹飞。
> 本非并蒂莲荷枝连理，
> 天意同根醒梦情相随。

这首诗托物寄情，浮想联翩，将梅与柳的真诚恋慕区别于风与沙、蝶与花的轻佻追逐；以"天意同根"巧喻我与老伴的青梅竹马结合；"醒梦情相随"又由梅柳引发出《牡丹亭》醒梦生死情缘，表达了对我们金婚的赞贺与祝愿。构思巧妙，丝丝入扣，蕴含隽永。老友的用心何其良苦！我们为之深深感铭……

遗憾的是我患病后，三年来为寻医问药一直不停地往返沪宁，行色匆匆，未能与郭老常晤面，更无闲情与他谈诗论画，听取他那精到的感悟了。

去年5月23日我们自沪回宁，第二天郭老因病情加重住进了省中医院。6月1日老伴特地去医院探询病况。19日我俩一起去探望。我坐在他病榻旁，与他交谈了足足有五十分钟。他患重症，我患绝症，同遭不幸，更易相怜。我敞开心扉现身说法，力图化解他内心的纠结，并激励他奋起与病魔进行殊死斗争。只见他频频点头，有时又轻轻叹气。我说的多，他回应的少，我提出要和他一起比赛，力争多活若干年。他苦笑笑同意说："好啊，努力吧……"当谈到住院现状，他紧锁眉头，连声叹息，有时又冒出几句颓丧的话来。我随之劝慰了一番。临别时，我以玩笑口吻警告他：你可别胡思乱想去"从彭咸之所居"啊！①

不久听说他从省中医院转到脑科医院，后又转到了省人民医院重症监护室。8月6日从学梅处得知郭老病情恶化，经我们坚决要求，才设法以家属身份于当天下午进入监护室探视，限时三分钟。只见郭老闭目静躺在白色病榻上。我们拉着他的手，呼唤"郭老！郭老！"他毫无反应，我们泪水夺眶而出……第二天下午郭老终于解脱了病痛之躯，驾鹤西去了。

老友走了，但六十年叠印的影像仍历历在目，他的音容永远存活在我们心中。祈愿他在那极乐世界中安享永恒的康乐幸福！

逝水滔滔入沧海，心路遥遥上云天②。阿门！

2012年3月27日于南秀村

[注释]

① 屈原《离骚》。

②《逝水滔滔，心路遥遥》为郭老回忆录书名。

刊《南京大学报》2014年4月20日（总1124期），后收入《郭维森先生纪念文集》，凤凰出版社2014年版。

三代儿孙载不尽您的恩情

母亲在一个静谧的秋夜安详地走完了人生旅程，如今入土为安，静卧在雨花功德园的草坪之中。母亲虽然走了，给三代儿孙留下的是无尽的哀婉与思念……

母亲识字不多，不会讲什么大道理，但心智极高，通晓事理，思想开明。她常说："我没有儿子，只有女儿，在我眼里，男女都一样，女孩子照样能有出息。"有时，母亲坐在我身边语重心长地说："孩子，不吃馒头也要给妈争口气啊！"她对我施行的是"放鸭式"开放教育，给了我极大的民主自由，尊重我的意愿、爱好和选择，只要我在读书、写字、画画，做任何事，就神圣不可侵犯，油瓶倒了也不用去扶。而她则包揽一切大小家务活，吃苦耐劳，甘之如饴，一生无怨无悔。在母爱的呵护下，我成为南京大学的一名教师。同样，她也用"放鸭式"的"不管"教育法，一手带大了我的两个女儿以及女儿的女儿，把她们放飞在自由的天地中，将她们一一打造成了"有出息"的女孩。

作为女儿，此生此世我最难忘的是母亲曾用伟大的母爱拯救过我一度垂危的生命。1945年，侵华日军行将崩亡之际，这伙丧心病狂的强盗在各地饮水河井内撒下了致命的伤寒病菌，致使大批无辜百姓中毒死亡。当时年幼的我也不幸中毒，感染上严重的斑疹伤寒，一直发高烧昏迷得不省人事。西医已宣判了我的"死刑"，母亲日夜抱住我哭泣，并不停地念叨："上帝啊，老菩萨啊，保佑我可怜的孩子吧！"一天在迷迷糊糊之中，母亲背着我来到一名中医家，双膝跪地，恳求这位小刘先生收治濒临死亡的我，哪知他给我把脉、望诊后直摇头，拒绝医治。经母亲苦苦哀求，他表示只好"死马当活马医"了，便冒险开了三服"虎狼药"，说如能好转是天命，否则只有办后事了。结果吃了他的三服药，我全身都出了小粒疹，好像是撒满了小米似的，我竟死里逃生地得救了！母亲欣喜若狂，抱着我喜极而泣，特地借钱买了一面锦旗送给这位救命的神医。

母亲生性乐观开朗，坚毅顽强，再大的磨难痛苦也击不倒她。1970年"文革"期间，母亲不幸患上了宫颈癌，当时我和先生都在南大溧阳分校搞"斗批改"，按规定运动期间一律不准请假回家，我心急如焚，和工宣队军宣队领导大吵了一架，才批准我一个星期的假，回家来探望母亲一趟。她独自一人含辛茹苦，拖着孱弱的身体抚养着两个年仅四岁、十二岁的外孙女，每天操持着繁忙的家务，还要定时挣扎着来回挤公共汽车去江苏医院（今省肿瘤医院）做放疗。放疗的负面反应很大，母亲强忍着身心的剧痛与癌魔做拼死斗争。当时我们收入低、生活拮据，有时靠卖书借贷度日，拿不出多余的钱给她买贵重的药品和营养品，她就到处打听偏方，吃些廉价的药物和食物。有些民间偏方的用料与服法很稀奇古怪，我们怕它有毒副作用，多次劝阻母亲不能食用，可她不听，说与其让癌害死，不如大胆尝试偏方，以毒攻毒，果不其然，和母亲同时生病的病友纷纷谢世，而她终于以顽强的生命力战胜了癌魔，夺回了健康，又幸福地和亲人共同生活了三十五年，创造了生命的奇迹。为此，省肿瘤医院把母亲列为治愈成功的范例，每年都进行跟踪调查，寄来表格，逐项填写她的健康状况。母亲的抗癌成功，足显她旺盛的斗志，她的精、气、神是何等了得！

母亲除了抗癌，还一直与高血压、糖尿病做斗争。可她哪里像个病人，成天忙里忙外，还自得其乐。在身体硬朗时，也爱热闹，爱交游，打打麻将，哼哼小曲，拉拉家常，与重外孙女嬉戏一团……母亲九十岁高龄时不慎摔断了大腿，在鼓楼医院住了半年，在吊腿牵引治疗时整整三个月不能动弹，可她却以非同寻常的毅力忍住剧痛，骨折终于痊愈，可以用助行器行走自如。连医生也赞叹，"如此高龄能抗住牵引折磨，并能重新行走，实在不容易。"之后，她住进老年康复中心。直到突然去世的前三天，母亲仍在坚持锻炼，用助行器在长廊不停走动。

母亲虽年事已高，体弱多病，但关爱儿孙们的亲情依旧炽热如火。在生命垂危之际，她紧紧拉住我的手说："你们不要为我担心，我一点也不害怕，93岁了该走啦，你们老是盼着我活到100岁，如果到那时瘫在床上，不省人事，活着受罪，倒不如趁早平平安安地走了为好。"在最后的日子里，她特别关心两个外孙女的小家庭，一再问到重外孙女庭庭明年考大学的事，一心挂念远隔重洋的美国外孙女和她三岁半的儿子小丁丁。母亲说："可惜我未能带过小丁丁一天，未能给他缝过一针一线，也未能为他花过一分钱……"母亲弥留之际唸叨的不是自己，而是家中第四代小成员，她最心爱的重外孙辈。母亲一生总是心系亲人，甘愿为儿孙做无私的奉献，把她宽厚博大的爱洒向一代又一代，为儿孙们耗尽自己最后一滴心血。母亲，您在儿孙们心中留下的是永不磨灭的印记，取之不尽的无价财富。

母亲啊，"殷殷寸草心，难报三春晖。"三代儿孙们的生命之舟永远永远承载不尽您的如山重恩，如海深情！

刊《现代快报》2005年12月4日

圆梦——美国讲学记

初中时，我曾有过出国梦。当时进的是教会学校，学校对英语课抓得很紧，教师教得也好。教师教育我们把英语学好，将来可以进一步深造，甚至出国留学。在老师的鼓励下，我对英语产生了浓厚的兴趣，初中三年打下了较好的基础。但当时的出国梦也只是小孩子的一种遐想。高中时家乡解放，英语课停摆，进了大学学的是俄语，做研究生时学的是日语。文革劫难，蹉跎了十年最美好的时光，搅得心灰意冷，所学外语都荒废了，出国梦想也不用想，早已成了泡影。

斗转星移，一声春雷，炸烂了"四人帮"，迎来了改革开放的新时代，中国大地又在扬帆前行了。1979年邓小平访美后，开启了中美文化教育交流的大门，正是在这种大背景下，我校也积极行动起来，开始筹划中美校际之间的学术交流，英语培训班也就在这时应运而生。

1980年暑假刚改完高考语文试卷，我系总支书记找我和另外两位教师，告知学校为了接待外宾和出国的需要，将开办暑期英语口语短训班，为期一个月，系里决定我们三人参加。听到这一消息，我有些犹疑，暌别了三十二年的英语，如今还能再捡起来？但这也重新燃起了我的出国梦，在家人的支持和友人的鼓励下，我终于决定参加。短训班从7月24日至8月25日，外文系的四位老师轮番授课，个别辅导，强化口语训练。不到一个星期，我系另外两位教师就自动放弃，不再来上课了。我起始学口语对话时也张不开口，想打退堂鼓。总支书记特地找我谈话，说你不能再退学，否则中文系要吃批评了，为此我只好硬着头皮学下去。顶酷暑，战高温，苦学苦练，一个月下来，阅读、听力都有了不少进步，我又重拾起学习英语的自信。在结业时，大家都用英语汇报了自己的收获，外文系罗长炎老师最后总结时，用英语说了"有志者事竟成"（Where there is a will, there is a way.）来激励大家，使我信心倍增。

学期一开学，学校又决定继续开办英语提高班，为期三个月。因大部分学员都有工作和教学任务，改为每周两个晚上上课，课程仍由罗长炎等老师执教。老师抓得很紧，讲授、习题、提问、背诵、默写、对话，这种强化训练，大家一刻都不敢懈怠。三个月学习结束，老师突然宣布，学校将举办两期出国师资培训班，每期3—4个月，由外籍教师任教。现拟从提高班推荐一部分学员，经外籍教师口试通过后参加学习。我也在被推荐之列，有些胆怯。罗老师鼓励说，你语感好，发音好，定能成功。12月11日外教口试时，居然顺利过关。12月18日培训班开学，主管文科的范存忠副校长和教务长出席，勉励大家学好英语，不辜负学校的期望。从这日起至5月9日，跟着外教学习了四个多月。从5月10日至7月7日，因奉命去北京入闱参加高考语文的命题工作，中断了一段学习。返校后，为了巩固学习成果，又到外文系旁听有关英语课程，直到1982年上半年。

这两年来,除了教学任务和必要的社会工作外,我几乎把全部精力都放在了英语学习上,原拟的科研课题只好搁置在一边。毕竟年纪大了,记忆力大不如前,口舌也不如以前旋转自如,不加倍努力不行啊。为了训练口语和听力,我每天都跟着录音磁带反复练习,和小女儿用英语对话,还买了一台收音机,收听美国之音。为了帮助记忆,我对英语语法、句型、短语、词汇、俚语谚语,分门别类做了几十本小笔记,还阅读了一些英语小说,连日记也改用英语写。攻克英语,痛并快乐着,其中的甘苦得失,只有自己清楚。当时曾有人友情地提醒,说你刚刚提升副教授,主攻的应该是科研,现在如此辛苦地学外语,是否得不偿失。友人的劝导我是感激的,但为了梦想,我又怎能放弃呢。为此我用英语写下了"天下无难事,只怕有心人"(Nothing in the world is difficult for one who sets his mind to it.),放在案头,每天看一看,鞭策自己。

1982年9月开学不久,在教育部的牵线下,我校与美国内布拉斯加州立大学达成了双方互派访问教授去对方讲学的协议。内大派一地质系教授来我校地质系讲学,我校派我去内大英语系和现代语言系讲授中国古代文学。经与内大英语系联系,希望他们能将中国古代文学英译本教材寄来,以便做些准备。直到11月初,该系仅寄来了英译本教材上下册的目录,这给我的课程准备带来了很大困难。没法只好先将英文目录还原成中文[①],然后按图索骥,由老伴帮助搜集、复印、抄写有关材料,并借助我国专家翻译的《唐诗三百首英译本》、《中诗英译比录》等书作一些准备。但因未见到英译本教材，心中还是无底的。

　　带着一种使命感，12月26日离宁赴京，到教育部报到，办妥一切手续后，29日只身飞旧金山，1月3日由旧金山经丹佛飞抵内布拉斯加首府林肯市，入住内大校区附近的公寓。次日见了英语系正、副主任和秘书，领取了教材、有关用品及办公室钥匙。主任告知这是一门选修课，每周2学时，一学期3个学分，订于11日正式上课。由于我的英语还不能完全胜任中国古代文学的表述，系里特地为我配备了助教翻译徐隆先生②，这为我上好这门课增添了很大信心。一个星期内我抓紧时间熟悉教材，并按照要求写出教学大纲，大纲包括每周的讲授内容、必读及参考材料、四次作业内容（paper）等，大纲要打印好发给每一位学生。在第一次上课时，我除了作了简短的自我介绍，概述了南京、南大、中文系的情况外，主要讲了这门课的目的要求，对英译本教材的看法，宣读了教学大纲。在翻译的客串下，学生提了不少问题和建议，气氛活跃。这门选修课正式注册生共16人，除英语系和现代语言系外，还有教育系、政治系、新闻系、计算机系的学生，大多是研究生，他们都是对中国文学有兴趣才来选修的。此外还有几位教授旁听，其中一位奥马哈分校的教授，每次都是开车一个多小时来听课；还有一位美籍菲律宾华裔女教授③，每次都是等我下课后辅导答疑结束，陪我一道离开学校，有时还邀我共进晚餐。她像老大姐般的呵护，令人感动。

　　这门课从《诗经》到《红楼梦》，跨度大，选材内容多，要想在16周的时间内既要理清中国古代文学各个时期的概貌，又要选取其中代表作家作品作重点讲解,颇费思量④。根据美国学生的特点和要求,我在教学中尽可能把时代背景讲清楚,把作家介绍清楚,把作品内容作重点提示,讲细讲透些。学生对时代和作家作品理解了,也就有了兴趣。在备课上,除了将中文讲稿写好事先交给翻译准备外,费时最多的,还是对英译本教材的熟悉掌握,因为课堂提问、讨论、答疑、小结、包括板书等环节,以及随时纠正教材译文中的一些错误,评改 paper 等,虽有翻译协助,但还得自我掌控。如何让中国古代文学(尤其是诗词)这杯浓冽美酒不致因为几经转译变成淡而无味的半盅白水,如何让学生了解作家作品的杰出成就、人文内涵和美学价值,这是我在教学中考虑最多的问题。

早在上课前,我就从翻译和留学生中获悉,美国教学不能满堂灌,而是要采取教师讲授、课堂提问、师生讨论等方式。入乡就要随俗。为了适应新的教学模式,备课时诸多教学环节都要考虑周全。美国学生学习自觉,思想活跃,他们按照教学大纲的布置,事先阅读了有关材料,有备而来,总能提出很多问题,讨论热烈。如我在讲屈赋《湘君》、《湘夫人》时,点出两妃是女同性恋者⑤,说明在 2300 多年前,中国文学中已有描写同性恋的作品。这引起了学生的浓厚兴趣,他们以弗洛伊德的性爱学说解释同性恋是自古就有的现象。就希腊神话中乱伦的故事情节,询问中国上古神话中有无这些描述。在讲嵇康和陶渊明时,我介绍了魏晋的名士风度:服药(五石散),嗜酒,女性化,行为奇特,不满现实又逃避现实。学生以中美文学作比较,说这和美国 50 年代"垮了的一代"的文学青年很相似,这些人吸食大麻,狂歌劲舞,行为古怪,反抗现实。他们认为竹林七贤是魏晋时期"垮了一代"的代表。对陶渊明的归隐田园，他们说美国"垮了的一代"也有类似情况，其领袖人物施奈德如今就在洛杉矶郊区过着陶渊明式的田园生活。有的学生还想就这一现象写出文章，进行探讨比较。学生还就《霍小玉传》中李益形象、《红楼梦》中王熙凤形象各抒己见，展开了热烈争论。有趣的是，旁听的菲律宾华裔女教授甚至以自己的恋爱经历，来说明小说对李益的谴责是对的。以上数例可以看到美国学生视野开阔，善于独立思考，即使对教师的讲课内容也不时提出不同观点。我深深感到，在美国课堂，教学相长，师生是平等的，教师既是老师，也是学生，从学生的提问和讨论中，真是获益多多。

另外，配合教学，我还运用了一些其他环节。如绘制图表，让学生对各个时期的文学发展脉络有清晰了解。运用我的绘画技艺，画了国画"屈子行吟图"、"太史公抒孤愤图"、"嵇康图"、"李白图"、"梅竹图"，以及烫画"湘云眠芍"等；选取"贵妃醉酒图"、"三打白骨精"等图片；播放《牡丹亭·游园惊梦》昆曲、"聊斋俚曲"等，这些对学生理解中国古代诗文小说和戏曲音乐也起了辅助作用。美国学生还希望我用幻灯配合教学，只是受条件所限，未能做到。

由于我在课程开始时即指出英译本教材在编排和译文方面的一些错误，校系领导甚为重视。英语系主任跟我说：伯奇（Birch）教授的《中国文学选》上册从1965年到1980年已发行了十三版，下册从1972年到1981年已发行了四版，学术界一直反映很好，很多学校都以此书作为教材。你发现的问题很重要，希望写成文章，我们将推荐你参加今年 3 月在加州圣·巴巴拉举办的"全美比较文学学术年会"。时间尽管很紧，但能有这样一次以文会友的机会，我还是欣然接受了。在写作过程中，我听取了一些教授的意见，他们说美国的评论文章，不是专揪辫子，而是以立为主，提一些建设性的意见，再归纳问题进行纠错。美国教授的友情建议，体现了一种很好的学风。吸取了这些意见，我花了半个多月的时间，完成了初稿，经过修改翻译打印后，于 3 月 24 日至 26 日参加了圣·巴巴拉的学术年会，并在会议首日上午宣读了论文[⑥]，作了一次中西文学学术交流的尝试，对美国学术会议有了粗浅的了解。

按照美国学校规定，学期结束时学生要对任课教师进行背靠背的评议和评分[⑦]，教师也要写出教学小结交给系里。我的"中国古代文学"课得到了好评与高分。大家写了很多热情、溢美的评语，有的学生在评议纸上写着，这是他们在内大英语系所上的最好的课程（这话只能看作对我这位外籍教师的特殊鼓励）。一些学生表示要好好学习汉语，争取到中国学习中国文学。英语系领导也对我在内大的工作作了总结鉴定，写信向中美学术交流负责人作了汇报，并将中英文汇报信件和学生的评议都复印了一份交我带回[⑧]。学期结束前的最后一节课，我作了教学小结，重点总结了中国诗的特点。学生听说我即将离美回国，表达了惜别之情，纷纷为我饯行。对着碧眼黄发、闪烁着一双双好奇的渴求知识的学生们，眷恋之情流淌心间。想到能在美国传播中国文化的种子，感到无比的欣慰。

也许我是第一个来内大讲学的中国教授吧，我受到内大和当地的重视和关注。我飞林肯市时，内大副校长和秘书曾亲自去机场接机⑨。到校不久,内大校长、副校长和主管中美学术交流的负责人亲自接见、宴请,我递上了我校郭令智校长给内大校长的亲笔信,双方都表达了进一步发展两校学术交流的愿望。三位领导还简要介绍了内大的情况⑩,说在州政府的支持下,内大是最早和中国高校进行学术交流的大学之一。交谈中,校长特地向我校范存忠副校长致意,说他的英语极好。我也简单介绍了范老的情况。来内大伊始,《内大日报》的两位记者就来采访,并将采访内容和我的照片刊登于报纸头版,这下给我带来了很多社交活动,经常应邀参加校内外的各种宴请,连奥马哈分校也有约请。不少教授,尤其是女教授,以及曾去中国访问或即将去中国讲学的教授,都热情相邀。如即将去我校地质系讲学的 Fagerstrom 教授,就两次设家宴,一次请我参观他的实验室。一些华裔教授更是不止一次地宴请或参加他们举办的 Party,如校长中文顾问、天文系梁鉴澄教授,教育系樊星南教授,美术系张汉平(女)教授,我校校友、金陵大学化学系 1939 年毕业的阎振华教授及其夫人陆澹如女士等,都是盛情款待。此外,教会在州长官邸举办的大型 Party 和宣讲会、内大音乐系举办的音乐会,也被应邀参加。我还为政治系师生作了"中国古代诗歌"的报告,为英语系教师介绍、座谈了"中国教育制度"。其间内大举办"国际艺术节",我应邀作了三幅画(两幅国画、一幅烫画),代表中华人民共和国参加展出活动,受到欢迎和好评。我也抽空画了几十幅中国画,分送给校系领导和中外师生友人。这些活动虽然占去了很多时间,也很忙累,但彼此增进了了解,传播了友谊,增长了见识,内心是很愉快的。讲学期间,内大还破例资助我参加了圣·

巴巴拉的"全美比较文学学术年会",并先后去洛杉矶、华盛顿、纽约参观访学。 学期结束后,我先后在公寓楼宴请了中美学术交流负责人,在湘川饭店宴请了校长、副校长,以表示我的谢意。 他们赞许了我的工作,说接到 Fagerstrom 来信,他对南大的安排很满意,一切顺利。 校长说,现在两校交流已有了好的开端,希望交流持续发展下去,请南大再派教授来内大讲学,社会科学的欢迎(特别提到中文、历史),自然科学的也欢迎(可来内大讲学、进修、合作搞科研)。 返校后,我向学校领导及外办转达了内大校长的意见,交上了"我在美国的工作简况"报告,并将内大校系领导对我的工作评估信件及学生对我教学评议的复印件,交给学校。 随后我又赴京,向教育部作了汇报。

离国才知道国的重要,才真切感受到同胞间的骨肉深情。 在美半年,曾得到我驻美华盛顿使馆、旧金山总领馆、纽约总领馆的帮助,每次入住使领馆,都有"家"的感觉。 在林肯讲学时,更受到我国留学人员多方面的关怀。 翻译徐隆先生在我抵达林肯市前就为我租好了公寓,抵达林肯时,徐隆和魏薇女士,以及我校校友王光信先生去机场接机[1],次日王光信又去机场为我领取大件行李。 他们帮我办理有关手续,熟悉周边环境,介绍学校情况。 生活上更得到无微不至的照顾,领我购物,指导使用各种电器,甚至我的衣着修饰也得到谋划指点。 我们同一层楼的留学人员经常都是做好了饭菜在一起吃;每周二我下午去上课,返回时,总有人为我和翻译徐隆做好了饭菜,等我们共进晚餐;同样,徐隆中午十二时半听课回来,我也做好了饭菜等着他。 大家真是情同手足,亲如一家。 我在教学上，由于徐隆的协助和精心翻译，取得了圆满成功，大家都很高兴。 内大有我国留学生和访问学者共三十人，他们或公派，或自费，都是改革开放后首批赴美的留学人员，大家都很珍惜这难得的机遇，学习、工作勤奋努力，快捷高效，受到美国教授们的好评。 有位研究生仅用了一学期和一个暑假就拿到了硕士学位，得到了校长的赞扬，在内大传为美谈，连台湾留学生也很钦佩。 我们和台湾留学生虽有些观点分歧，但他们对邓小平的改革开放政策是赞许的，希望祖国富强都是一致的。 彼此求同存异，友好相处。 当时王炳章、胡娜事件炒得沸沸扬扬，我国留学人员团结一致，同声谴责这些丑类，向美国友人和台湾同胞揭露他们的丑行，维护了祖国的尊严。 个别台湾留学生悄悄地跟我们说，他们也鄙视这种人。 另外，我在美国其他城市访学时，也是吉星高照，得到同胞和校友的帮扶。 在洛杉矶，受到我校访问学者戴文麟、赵曙明先生和释照初校友的热情接待，妥为安排食宿[12]。 在纽约，受到我校访问学者李庆余先生的照料。 在圣·巴巴拉参加学术会议时，一次迷路，一位二十岁的柬埔寨华裔姑娘刘婉嫦，得知我是祖国大陆来参会的学者，热情地把我领到她的家中，招待了点心饮料后，亲自将我送到住地。 凡此种种，不一而足，都令我铭记于心。 所谓家国情怀，同胞情缘，不出国是不会体认如此深刻的。

  他山之石，可以镜鉴。 在美半年，最大的收获，是打开了一片天，开拓了眼界和心怀，磨荡了固有的一些理念和思维模式。 美国师生的自信自在、热情友好的生活态度，美国教学方式和学术研究的求实求新、尊重包容的科学精神，令人印象深刻，耳目一新。《易传》说得好:"天下同归而殊途,一致而百虑。"⑬这不正是美国人也是我们所追求的境界吗。

"长风破浪会有时,直接云帆济沧海。"⑭乘着改革开放的云帆,凭着一股"痴"劲,"韧"劲和自信,我终于跨出了国门,圆了梦。

顺带记一笔。 本来我还可以去美国北卡罗纳大学讲学,协议已签订,在即将成行时,1989年北京政治风波,交流戛然中断。 这不能不是一件憾事。

附记:

1983年我赴美国林肯市内布拉斯加大学讲学半年,回国后曾想把这一段美好的经历写下来。 但当时怕有"露才扬己"之嫌,引起不必要的烦恼,写了个开头就搁下了。 退休后,我和老伴多次去美探亲,访问不少美国大学和美国友人,重游了华盛顿、纽约、洛杉矶等地,这又燃起了我的写作冲动。 我和老伴说:我已跳出三界外,现在可以自由自在地把那一段经历记录下来。 借此对邓小平的改革开放政策,对我国教育部和母校,对内布拉斯加大学的领导和师生,以及华裔友人和我国留学生、访问学者的关爱和帮助,表达我的感激之情。

写于 2004 年 10 月

[注释]

① 当时将译文目录还原成中文时也遇到一些困难,如《西游记》选的目录是 The Temptation of Saint Pigsy,意译为"圣猪的诱惑",实为"四圣试禅心";《红楼梦》选的目录是 Ts'ao Hsǔeh-ch'in How To Be Rid of a Rival,意译为"一个竞争者是如何被去掉的",实为"王熙凤计害尤二姐",这些都经过

反复推敲才还原了小说原意。

② 徐隆，上海人，在内大自费攻读英国文学博士学位。

③ 黄月明教授，内大社会学博士，对青年工作和神族问题有深刻了解。1949 年自菲律宾大学毕业后，曾参与多项国际性的青年工作，除组织亚洲地区青年工作外，曾任德、法、比利时和纽西兰等地区青年组织领袖。1964—1965 年间，被委任为联合国 Asian Youth Institude 的总裁。在美研读硕士期间，获选为夏威夷大学女青年会总干事。任教内大之前，一直担任美国中部女青年会顾问。

④ 如先秦文学，《诗经》选了《生民》、《七月》和几首爱情诗，《楚辞》选了《离骚》；两汉文学，选了司马迁《报任安书》及《史记·李将军列传》作重点讲解等。

⑤ 湘君、湘夫人二妃为同性恋者，系根据我的导师胡小石先生的观点。

⑥ 此论文中文稿回国后在《南京大学学报》1984 年第 1 期发表，题目为"评伯奇主编的英译本《中国文学选》"。

⑦ 除科研成果外，美国大学对教师教学背靠背评议和评分，是教师职称评定的主要依据之一。

⑧ 内大英语系领导致中美文化交流负责人的汇报信（中文件）抄录如下：

> 这封信是我们对 1983 年春季来内布拉斯加——林肯大学教学的访问教授吴翠芬共同渡过的一学期的小结。她通过研究生助教徐隆的翻译向英语系及现代语言系讲授中国文学课。
>
> 我已看过学生的评价及这一课程的材料，学生们一致称赞这一课程及授课教师。他们唯一提出的问题是我们预见到的，这些问题是由语言和译文的困难所引起的——他们感到不能充分掌握吴教授的知

识。但他们举例说明了她的耐心及热情、她的知识和组织能力、她对学生的关心。他们表达了对中国文化的热烈向往以及对教材的兴趣,有几个学生真希望自己把中文学好,能到中国去进一步学习中国文学。显然,吴教授是一个很能打动这些学生的教师。

吴教授还就中国文学等专题向英语系及政治系学生作了公开演讲。我们还支持她和徐隆去参加"美国比较文学学术年会",宣读了她的论文。她是一个使人感到可敬可亲的人,她对我系的学术活动作出了积极的贡献。很难想象,一个这种方式的访问教授怎么能把工作干得这么出色。

该信的复写本给了吴教授一份。

⑨ 因当日丹佛暴风雪,从旧金山飞丹佛转林肯市的航班延误,而未接到。

⑩ 内大已有一百多年历史,现有学生4万人,教师4千人,共有四个分校。林肯本部有学生2万4千人,教师1千8百人。

⑪ 魏薇,北京人,在内大英语系自费攻读英国文学硕士学位。王光信,南京人,南京大学化学系1961届毕业生,在青岛工作,来内大攻读博士学位。

⑫ 释照初,美籍斯里兰卡僧人,曾在南京大学进修,对南大很有感情。

⑬《周易·系辞下》。

⑭ 李白《行路难》三首(其一)。

刊《南大校友通讯》2015年春季版(总第66期)

陈香梅之女宣州访行记

1994年12月19日,我校聘请美籍华人、著名社会活动家陈香梅女士为名誉教授。在逸夫馆报告厅举行的受聘仪式上,陈香梅发表了热情洋溢的演讲。当她提到女儿陈美丽三年前曾来南大访学、去宣州访行时,倏尔将炽热的目光投向坐在台下的我,说:"吴教授,我和您是两代情啊!"接着,她带着母亲的自豪告诉大家:女儿陈美丽今年荣获佛罗里达大学颁发的教学一等奖。顿时,全场激起一片热烈掌声……

1991年暑假中的一幕,在记忆荧屏上映现。

1991年7月20日,暑假开始不久,美国佛罗里达大学亚洲学系陈美丽教授——美国"飞虎队"队长陈纳德将军与美国政坛著名华人陈香梅女士的二女儿,应邀来南京大学访问三周,为她正在撰写的《谢朓研究》一书搜集资料、座谈交流与进行实地考察。日程安排得很紧,陈美丽教授分别与中文、哲学、历史三系的有关专家教授举行学术座谈,并参观了栖霞寺藏经楼、六朝萧憺墓石刻、石头城、中华门、夫子庙,以及渤泥王墓和南唐二陵,又在南大图书馆查阅了有关典籍,然后于8月5日至8日,由我与校外办小杜陪同,专程赴著名的历史文化古城——安徽宣州市，考察南朝齐代诗人谢朓的踪迹。多姿多彩的四天宣州之行，在今古相接、中外切磋中，摩荡出了种种事物，种种情思。它们大多像敬亭山上的流云，一片片在眼前飘忽过去，但也有几片竟飘驻到我的心头，飘落到我的笔端，于是挥洒而出，便缀成了这篇散记文字。

不解之缘

也许是因为陈纳德将军与陈香梅女士的传奇故事久久扣人心弦吧，当我在斗鸡闸外宾接待室第一眼见到陈美丽时，竟有一种似曾相识之感：这是她，雪秋雅·露薏丝。这个动听的英文名字，是陈香梅以自己姐姐的名字为女儿起的。中文名字"美丽"，则是蒋介石先生起的。望着她一双深凹、明亮的大眼睛，立即浮现出陈香梅描写陈纳德的字句："这双深凹、敏捷、几乎像浓密的黑发一样乌亮的眼睛。"果然，我的联想有据，陈美丽告诉我，人们都说她长得像父亲。不过在我想来，女儿虽在体貌品性上秉承了父亲的特点，但在气质内涵上必然同样秉承母亲的禀赋。陈美丽得天独厚，出生于异族联姻的家庭，从不同种族、却同是极优秀人物的父母身上，兼得了两种血统，并接受了东、西方两种历史文化的哺育。陈将军生前教育自己钟爱的女儿必须牢记："生命中确切的真谛——要品行端正，要诚实，忠贞，并以慈爱及于他人。生活不可过分奢侈，不要嫉妒别人，享人间生活的舒适以及不以匮乏为忧。"陈将军不幸于1958年患肺癌去世。之后，陈香梅身兼父职，茹苦含辛抚育两个未成年的女儿，历尽人世艰困。她对孩子特别注重心理教育，她写道:"适机教育她们,更要培养她们坚强的个性,能够让她们站得住,站得稳,只有自己自以为骄傲,才能在不同肤色、血统的社会中站起来,也只有自己觉得自己站得起来,别人才会尊重你,而接纳你。"陈香梅本人就是一个"站起来"的典范,为华人、也为女儿树立了学习榜样。 她说:"我——一个年轻的中国女人到美国,到这个最现实的国家去打天下,的确是尝尽了人生的苦果。"而中华民族刻苦耐劳的天性,成为她一生不退缩、不气馁的支撑力。 听听她那掷地有声的话语:"我要以我国悠久的文化为骄傲,以我的国家、我的种族为优越,我才能在平等的状况下参与。""我们有天赋的优越民族性,有根于五千年的历史文化,本着这些,我们就可以挺起胸膛,昂首阔步地去参与他们的社会。"在双亲的言传身教下,陈美丽自幼品学兼优,1971年在美国韦尔斯利学院获学士学位,1979年在斯坦福大学获博士学位。 她的导师是已故的著名汉学家刘若愚教授。当我问到她为什么选择谢朓作为研究课题时,她沉吟了一下,回答说:"在我攻读博士学位时,有一次读到《南齐书》列传部分,发现诗人谢朓少年好学,文章清丽,才华冠绝一代,可惜不幸被人诬陷下狱,年仅三十五岁便含恨而死。 我感到小谢是个很值得同情与歌颂的人,便决意研究他。 我把自己的意见告诉了导师,导师立即赞同,说小谢实在、自然,把小谢作为博士研究题目很好。"

从此,陈美丽就与诗人小谢,与自己有一半血统相连的中华民族五千年历史文化传统结下了不解之缘。 由于这份"缘",她来到了中国,由于这份"缘",我和校外办小杜陪她来到了宣州——一千四百多年前小谢出任宣城太守的地方。

第一个考察小谢踪迹的人

　　一到宣州，便受到安徽省宣城行署外办的热诚接待。接待人员对陈美丽说："你是第一个来专题考察小谢的人。"她听到这话大为困惑不解，问道："我是洋人中的第一个？""不，不论中国人还是外国人，您都是第一个。"陈美丽惊诧地耸了耸肩，对我低语："这太奇怪了。这怎么可能呢？"事实确实如此。以前来宣州的专家学者，多半是专门研究李白的，他们在考察李白行踪时，也附带涉及李白一生仰慕的前代诗人小谢，而专程为了研究小谢，到宣州来考察古迹、搜集史料的，国内国外应数陈美丽教授为第一个人。这"第一个"真是意味深长啊。

　　宣州是一块美丽动人的江南沃壤，古称"山水之郡"、"诗人之地"。自然景观美，人文景观更美，令人流连不已。

　　齐明帝建武年间（495—496），三十二岁的谢朓，在萧齐皇室争权夺位的血腥屠戮中，在仕途遭谗还都的惊悸痛楚中出守宣城，他既慨叹"皇恩竟已矣"，又自慰"赏心于此遇"，于是便寄情山水，以宣州的烟霞泉石来疗治自己灵魂的创伤。在短短一年中他创作了大量的山水诗，篇幅几占他留传到今诗歌的四分之一，且多为佳构名篇，在中国诗史上具有继汉开唐之功。李白"一生低首谢宣城"，杜甫自称"诗接谢宣城"，小谢地位与影响之巨可见一斑。

　　宣城的青山秀水，因小谢的吟咏而扬名海内，之后名士贤达纷纷慕名而来，吟诗怀古，游览风光，使宣城成为人文荟萃之地，赢得了"自古诗人地"的美誉。因此，历数宣州前贤，从来都是小谢位居第一。

我们置身宣州时，深深感受到：诗人谢朓与诗地宣城是血肉相连的。宣城是谢朓的别名，他的诗集称为《谢宣城诗集》。同时谢朓也是宣城的别名，如"谢朓城"、"谢公城"、"谢公郡"、"小谢城"等，在历代名人诗赋中均展卷可见。谢朓——宣城，人名与地名相互取代，这并非某个帝王的封赐授命，而是世代人们的推许共认。宣州的很多亭台楼阁都和小谢有血缘关系。或为追怀诗人而建立，如"谢朓楼"、"谢公亭"、"怀谢亭"等。或以谢诗而命名，如"绮霞阁"、"列岫亭"、"澄江亭"、"云乔阁"等。这些胜迹无不包含着深厚的民族历史文化底蕴。

在宣州考察时，陈美丽怀着极大的兴味一一记录、拍摄下与谢朓有关的传说与名胜古迹。她要在书中告诉人们，杰出的山水诗人永远属于美丽的山水之郡。当她听人讲"看门太守"民间故事时，十分激动。故事讲的是谢太守一次在城门上巡察，见到一骑驴恶少肆意欺凌一卖菜老农，他怒不可遏，马上下令将这恶少责打示众，全城百姓拍手称快，赞扬这位体察民情、惩恶扬善的太守为"看门太守"。直到如今宣州百姓仍在津津乐道这个故事。陈美丽全神贯注地聆听、记录，唯恐有字句遗漏，回到宾馆又与小杜逐字逐句地核对，她兴奋地说：这个民间故事太宝贵了，在美国是无法听到的。她说她将在书中告诉人们，为人们做过好事的官吏，人们永远不会忘记他的政绩的。

相看两不厌　只有敬亭山

敬亭山。早从童提背诵唐诗时就熟悉了的山，如今正与我们亲切相望。

敬亭山，原名昭亭山，为避晋文帝司马昭名讳改"昭"为"敬"。此山位于宣州市北十华里，崛起于川原之中，高数百丈，山麓东西绵亘约百里，岗峦起伏，林壑幽深，东临宛句二水，南俯城郊市廛，横峙之状有如屏障，为宣州最雄秀的佳境。敬亭山虽拥有如此天然形胜，但一直湮没无闻，直到谢朓出任宣州，常游此山忘归，写了一首《游敬亭山》诗，才使敬亭山声名大振：

兹山亘百里，合沓与云齐。隐沦既已托，灵异居然栖。上干蔽白日，下属带回溪。交藤荒且蔓，樛枝耸复低。独鹤方朝唳，饥鼯比夜啼。泄云已漫漫，夕雨亦凄凄。我行虽纡组，兼得寻幽蹊。缘源殊未极，旧径窅如迷。要欲追奇趣，即此陵丹梯。皇恩竟已矣，兹理庶无睽。

诗全从敬亭山的高处着笔，凌霄摩空，移步换形，极写出诗人登山（"凌丹梯"）追寻奇趣的窅深情境心态，章法有序，用语清妙。"宣城谢守一首诗，遂使名气齐五岳"（刘禹锡《九华山》），自此慕名来敬亭山探幽访胜者络绎不绝。特别是后于谢朓二百五十多年的唐代伟大诗人李白，在国难深重、仕途蹭蹬之际，为了寻踪心中最仰慕的诗人小谢，一生七次来宣州漫游，登敬亭山，临风怀谢，吟出了千古绝唱《独坐敬亭山》：

众鸟高飞尽，孤云独去闲。相看两不厌，只有敬亭山。

诗人历尽世态炎凉，在宣州寻觅到了真正的知音——敬亭山。诗中所写的"人""山"相看不厌的独坐孤寂之情，是对心中偶像小谢的感念追怀，是对恶浊现实的讥刺摈斥，也是诗人不摧眉、不折腰、傲骨嶙峋的形象写照。自此"谢朓青山李白楼"蜚声天下，敬亭山成为"吟无虚日"的江南诗山。孟浩然、白居易、刘禹锡、杜牧、欧阳修、苏轼、文天祥等三百余人在敬亭山留下了近千首（篇）诗词文章。

既然爱谢朓，自然爱谢朓青山。陈美丽如此，我和小杜也如此。我们陪陈美丽两次登上敬亭山。

第一次是雨中登山。

按说，"敬亭烟雨"本是宣州十景之一，在诗人笔下，"轻烟细雨添佳趣"：细雨靡靡，山色蒙蒙，满山烟云聚散，变幻万千；亭台楼阁，时隐时现……你可以想见，那烟雨中的敬亭，具有多么诱人的风采神韵！可惜我们无缘领略。登山的那一天，正值夏雨滂沱，一路忙不迭地躲风避雨，只顾脚下石级，遑顾左右山景。多亏盛情的主人冒雨相陪，一路热心指点，我们淋湿了衣鞋也全然不觉，身心都沉浸在主人所描述的如诗如画的春光里：行走在登山的"芬芳路"上，梨花如雪桃花如云，火红的杜鹃燃遍山野，放眼望去，红白相间，美不胜收。几十万年前幸存的两栖生物蝾螈，在潺潺溪水中悠然游动,"馥馥如花乳,湛湛如云液"的贡茶"敬亭绿雪"初绽雀舌,青翠欲滴。 当地习俗,每逢阳春三月三日,宣州人成群结伴地登山踏青,观赏杜鹃花,每天可达数万人之多。 安徽省有四大名山:雄奇甲天下的黄山,佛教胜地九华山,道教胜地齐云山,江南诗山敬亭山。 宣州人有幸拥有四大名山之一,又有缘消受宣州特有的五"名":上名山(敬亭),登名楼(太白),品名茶(绿雪),赏名花(杜鹃),怀名人(谢李),着实令外地人羡慕。 我们来得不巧,时令已过,只能消受其中的四"名",另一"名"杜鹃花早已凋谢。宣城不见杜鹃花,吟起"一叫一回肠一断,三春三月忆三巴"诗句,未免令人怅然,愈发向往那春天的敬亭山。 杜鹃,你这花中的精灵,安徽人把你选为省花,真是别具慧眼啊!

第二次是顶着烈日登山。

由于第一次登山不见敬亭真面目,宣州之行留下了一段空白,心中未免慊慊。 看得出,陈美丽也同样。 在离开宣州返回南京的那天中午,我们要求司机小郭帮忙填补这段空白。 善解人意的小郭,顺道将车开到敬亭山麓,作一短暂停留,使我们获得二上敬亭的良机。

时值中午,赤日炎炎,但一进入山中,顿感溽暑消退,只见树林参天,竹海连绵,正如小谢诗里写的"夏木转成帷",使人仿佛置身在一片清幽、静谧的青纱帐中。 盈盈湖水,清清山泉,千岩万壑中悠然逐飞的闲云幽鸟,把我们的思绪引得很远、很远……陈美丽手提相机,一直在抓拍山景。 渐渐地,我和小杜同她拉开了一段距离。 只听见她边拍边说:"这说不定是谢朓当年上山的路吧!"这时,谁也不会去考证它是也不是。我和小杜赶忙避开她的相机镜头,好让她美美地拍下这条空悠悠的山路,留待她以后去寻踪追怀诗人小谢。时间太仓促,怕小郭在山下久候,我们一路匆匆巡礼而过。只在李白独坐楼前,对楚天吴地眺望了一会儿,不禁忆起小谢的"望山白云里,望水平原外"诗句来。一看时间不早,大家赶忙下山。我和小杜钻进了汽车,陈美丽还恋恋不舍地一步一回头,对着青山秀水不停地按动着相机快门。

别了,谢朓青山,我们心中的诗山。

"众鸟孤云宛如昨,相看不厌敬亭山。"明代诗人梅鼎祚吟出了无数观赏者(包括陈美丽和我这个安徽人)的心声。

扬子鳄——密西西比鳄的胞兄弟

参观"中国鳄鱼湖"给宣州之行增添了一种特别情趣。

提起鳄鱼,老实说我向来没有好印象。总记住韩愈《祭鳄鱼文》:"悍然不安溪潭"、"为害民畜",认定这种动物是凶猛、丑恶的。感谢中国鳄鱼湖的工作人员,给我们上了生动的一课,纠正了我多年来对鳄鱼的无知偏见。

扬子鳄是我国特有的珍稀动物,古人称为"鼍龙",当地群众称之为"土龙"。它源于中生代,与恐龙、翼手龙源出同祖。七千万年前,由于造山运动和冰山影响,恐龙、翼手龙相继灭绝,而扬子鳄却神奇般地逃过大灭绝时期的"鬼门关",一直繁衍下来,至今已有两亿三千多万年历史。这一稀世珍宝是研究古生物的活化石,是供科学研究的活标本。

那天驱车来到宣州城南五公里处的夏家渡林场，一下车眼前就展现出一片幽美、开阔的湖光山色：湖水缭绕，山峦起伏，林木葱茏，鸟语花香。这就是驰名海内外的"中国鳄鱼湖"。

导游特地向陈美丽介绍说：中国的扬子鳄和美国的密西西比鳄是世界上仅有的两种生活在温带的淡水鳄，是形性相似的同胞兄弟。陈美丽格外高兴，她从佛罗里达来到中国宣州，正是从密西西比鳄的家乡走到扬子鳄的家乡。多巧的机缘啊！

扬子鳄仅分布在我国苏浙皖沿江局部地区，由于自然条件的变化和人们的捕杀，已濒于灭绝。1973 年联合国将扬子鳄定为濒危种和禁运种，我国政府将其列为国家一类保护动物。扬子鳄养殖场于 1979 年建成，四面环山，绿树成荫，是扬子鳄最理想的生活乐园。1983 年扩建成中国鳄鱼湖，面积为五万余亩，同时进行人工繁殖饲养的研究，使扬子鳄绝处逢生。至 1990 年人工繁殖扬子鳄已达 3500 余条，每年可繁殖幼鳄 1000 条以上。导游自豪地说："像我们这样进行人工繁殖研究的鳄鱼湖，在全世界是独一无二的。"

来自密西西比鳄家乡的陈美丽告诉我们，在她任教的佛罗里达大学校园内，有个养殖着密西西比鳄的湖，她在课余常和丈夫带着两个儿子到湖边散步，观赏鳄鱼。她说大家从不喂食，以免引起鳄鱼对人的亲近，发生意外伤害事故。这使我联想起柳宗元的《三戒》中麋与犬寓言故事，撇开"依势以干非其类"的讽刺寓意，故事告诫人们必须按自然规律行事的哲思，确实是精湛、透辟的。

大洋两岸一线牵。鳄鱼沟通了密西西比河与扬子江，中国主人与美国客人一下子拉近了。陈美丽今天来看望密西西比鳄的胞兄弟，中国鳄鱼湖的负责人前年曾专程赴佛罗里达看望扬子鳄的胞兄弟，对之进行考察研究。如今，他们的交谈中对佛罗里达鳄鱼湖、对中国鳄鱼湖，都怀有一种特别亲切的感情。

但能凌白雪，贞心荫曲池

来去匆匆。

三周访学弹指即过。

从宣州返校后，陈美丽便打点行装准备回国了。她动情地对我说："真没想到，宣州访行会有这么大的收获。回去后我力争早点写成《谢朓研究》，然后再到中国来。"

陈美丽情系这方土地，其来有自。

不仅是她的母亲陈香梅时时心系中国，对中华民族有着深厚情感，而且她的父亲陈纳德也是属于中国的。

在宣州时听人说：1990年夏天发大水，刮台风，从宁国县坍塌的泥土中发现有一架飞虎队飞机的残骸。据分析，可能是某个飞虎队队员在实战中机油耗尽，无法架机返航，只得迫乘降落伞着陆，飞机便由空坠落，扎入泥中。几十年来，飞虎队的这架飞机一直下落不明，直到今天才重见天日。

当年，陈纳德将军在抗日战争这场人类命运的大搏斗中，情系中国，曾亲自指挥飞虎队袭击日寇飞机，用炮弹保卫过这方土地。今天，女儿飞越浩瀚的太平洋来到这里，为的是弘扬中华民族优秀文化，用笔杆子耕耘这方土地。

陈纳德曾说："我虽然是美国人，但我和中国发生了如此密切的关系，大家共患难，同生死，所以我也算是半个中国人。"陈美丽同她父亲一样，也这样自称。 在宣州时，陈美丽告诉我，她母亲喜欢吃茶，一定要买两罐"色澄秋水味兰花"的敬亭山绿雪茶带回去孝敬母亲。 我们一道上街选购，在茶店遇到两个好奇的顾客，一个说她是洋人，一个说她不像洋人。 陈美丽笑着告诉他俩："我是半个中国人。"

"半个中国人"陈美丽有一个美满幸福的小家庭。 丈夫是比利时人，和她同在一所大学执教。 几年前全家曾一起来中国旅游，观光了很多地方。 她丈夫很喜欢中国，特别爱听中国京剧，爱吃中国菜。 她和丈夫都喜爱中国画，尤其是山水和花鸟。 在南京访学时，她常抽暇去参观、物色中国画，特地选购了一幅山水画。 她对中华水墨丹青的这份爱心，激起了我感情上的共振，我情不自禁地涂鸦相赠。 我撷取小谢任宣城太守时所写的《秋竹曲》"但能凌白雪，贞心荫曲池"诗意，选用宣州的宣纸与宣笔，涂写了一幅墨竹，作为宣州之行的留念。

没料到她接到我的赠画，竟像个大孩子似的鼓掌雀跃起来。 她说："我最喜欢谢朓的这首《秋竹曲》，我也最喜欢诗中的这两句。"

几竿潇潇清竹，把我和她的心志情趣都熔铸进去了。

陈美丽曾送给我一张她上课的"广告"，上面印着：CHINESE LITERARY HERITAGE（中国文学遗产）：POETRY（诗）FICTION（小说）DRAMA（戏曲）。 旁边印着郑板桥画的兰花与题画诗："多买兰花要整根，根深土密自生孙。 漫夸今岁花开好，更看来年花满盆。"这张"广告"竟一下子点亮了我：陈美丽矢志为之奋斗，以贞心长荫的"曲池"，不正是中华民族的优秀文学遗产么！南齐诗人谢朓正是这"曲池"的一角。

在授聘仪式上，陈香梅女士说："希望明年 9 月我回来颁发'陈香梅教育基金'奖时，能和更多的同学交流、沟通。"我们期待她再次光临南大。 同时也期待她的女儿陈美丽在不久的将来带着小谢研究的"花满盆"的成果，再来南大访学，再作一次美丽的宣州之行。

我们期待着。

本文写于 1992 年 5 月 4 日，原载《爱我中华》1993 年 9 月号；后载《南京大学报》1995 年 3 月 20 日（总第 144 期）

二文刊载时有删节，现根据原稿作部分复原。

爱在，希望在
——遭遇癌症之后

感谢命运的眷顾，我居然得了癌症。

2009年3月下旬，我和老伴正准备去日本赏樱，签证已办好。3月27日早晨醒来，突然发现左侧锁骨上淋巴有一硬块，去了医院，医生要求立即住院。经过十多天的折腾，能用上的检查机器都用上了，最后一关是病理检查，终于确诊为非小细胞肺癌锁骨转移，已是癌症晚期。医生坦言：存活率只有4—6个月。这一判决如晴天霹雳，震悚心魄，我避开亲人，在病房里大哭了一场，诅咒命运的不公，释放胸中的不平。但如何治疗，如何战胜癌魔，心中却茫茫然。在家庭会议上，我主张化疗，以求迅速杀灭癌细胞，老伴和两个女儿都持反对态度，认为化疗副作用大，身体吃不消，两个女婿也都心存疑虑。恰在这时，江苏省人民医院肿瘤科卢凯华主任向我们建议：不要化疗，而是用生物靶向治疗，服用易瑞沙抑制癌细胞的生长，不需住院，也不会影响病人的生活质量和生存质量。小女儿这时也送来了上海中医药大学何裕民教授写的《癌症只是慢性病》一书，书中明确指出，癌症也和心脑血管病、糖尿病等一样，只是一种慢性病。读后我们的思想观念有了很大改变，"恐癌"的心理不复存在。书中提出的中医治癌的十二字方针："调整为先，零毒为佳，护胃为要"，也易于接受。 为此，我们选择了一条中西医结合的治疗方案，除每天服用一片易瑞沙外，采取中药调理的方法，服用何裕民、许国原教授开出的汤药方剂及埃克信片剂，配合饮食、运动，再加上亲人和社会的关爱，形成一种合力，终于打破了生命大限 4—6 个月的魔咒，从发现癌症那天算起，我已在这个世界上幸福地生活了四年多。 这里除了药物治疗外，我深深地感到，最重要的一点，是人间的大爱，让我燃起了生的希望。

确诊癌症之后，老伴始终以一种超强的爱恋温暖着我的心。 他放下了原定的研究课题，谢绝了本拟参加的学术活动，全身心地投入了这场抗癌的战斗。 他到处求医问药，了解抗癌的前沿信息，钻研有关治疗癌症的各种书刊，以理性、科学的态度鼓励我与癌魔做斗争。 4 月下旬的一个清晨，我和老伴醒后，靠在床上，坦诚地谈到了生死问题。 我们认为面对癌症，一方面要积极治疗，力争取得最佳效果；一方面也要坦然面对死亡。 谈到了身后事，我们决定死后都葬在雨花功德园母亲身边，并共同拟定了我俩合葬墓墓碑上的对联："今生今世情未了，来生来世未了情"，横批是"生死相依"。我满怀激情地说"爱在，希望在"，老伴补充说："爱是责任"。 当日，我就将这两句箴言分别用英语（love hope; love responsibility）写在纸板上，挂在卧室及客厅醒目的地方，以激励自己。 这次对话，是一次精神上的涅槃，我很快就从低谷中走了出来，决心为我爱的人和爱我的人勇敢地活下去。

作为丈夫，老伴充分展示了他敢于担当的忘我精神。 坚毅、沉稳、细致地安排好我的方方面面，保证我的生活质量不下降，让我快快活活地过好每一天。他整天忙里忙外，事无巨细都包揽在身，我何时服药，何时休息，何时听音乐，何时去校园活动，何时看书读报、作文作画，都有条不紊地安排好。光煎中药一项，就令人铭感。按照中医要求，中药汤剂煎服方法：每天早晨要用冷开水浸泡60分钟，然后煎50分钟，头浇药煎好倒出后，再用温开水煎二浇药30分钟，将两次药混合在一起，上下午各服一半。四年多来，无论是严冬酷暑，老伴总是亲自操劳，从不让我和女儿插手。汤药虽苦，但想到他如此用心，喝在嘴里，也就甜在心头了。

老伴十分用情。每当情人节和我的生日，他都会去花店选一束红玫瑰送给我。去年情人节，我将届80岁生日，他特地送了8支红玫瑰祝贺，并写上了"迈向期颐，爱是责任，安康快乐，永葆青春"祝福语，令我潸然泪下。老伴总是形影不离地陪伴着我，或在操场上快步走，或牵手在校园中漫步，或去郊外亲近大自然，我们的生活充满了情趣。今年8月，我的肺部开始出现胸腔积液，血象指标也极不正常，易瑞沙已产生耐药性，只好改用别的药品。老伴的焦虑我心知肚明，但他仍神情自若地百般呵护我。每晚休息时，他总会给我掖好被子，亲亲我的额头和脸颊，让我甜美安然地睡去，然后他才熄了灯，轻轻地躺在我的身旁。每当迎来又一个晨曦朝霞时，我的心头都溢满了感激之情。

我知道，老伴诠释的就是我俩青梅竹马、海枯石烂不变的爱。

生病后的第二个月，小女儿接我和老伴去上海，向上海中医药大学肿瘤专家何裕民教授求诊。一天晚饭后，七岁的小外孙问我："婆婆，你生了很重的病吧，妈妈知道后哭得很伤心，我也哭了。"这种心脉相通的感情，出自小孩子之口，更令人痛彻肺腑。记得生病初期，在家庭会议上讨论治疗方案时，因易瑞沙费用昂贵，当时我和老伴每月的退休工资合起来只够买半个月的药品，我有些犹豫。大女儿、大女婿说："就是卖房子也要把妈妈的病治好。"小女儿马上说："姐姐的女儿正在美国读大学，负担重，医疗费用就由我承担了。"小女婿也说："妈妈，经济问题不要再说了，你就安心养病吧。"这之后，医药用品、保健品、营养品，乃至我们的吃穿用行，都由两个小家庭包下了。惭愧的是，我们的银行存款不仅未见减少，反而增加了。

这几年，我和老伴得到了极大的精神慰藉。大女儿每天中午下班后都会来到身边，随时掌控情况，小女儿几乎每天都从上海打来电话，嘘寒问暖。每年母亲节和我的生日，两个小家庭都会送来鲜花、贺卡和礼品。我80岁生日时，两个小家庭筹办了隆重的祝寿会，邀请校内外和外地的学生参加祝寿活动，令人感动。我们常常穿梭于沪宁间，每逢周末和节假日，女儿、女婿都带我们游览最好的景点和展馆，还想方设法带我们去旅行。这几年，我们依次游览了新疆天山、青岛崂山、杭州、千岛湖和乌镇。2011年春节，小女儿一家带我们是在澳大利亚度过的；2012年春节，大女儿和女婿带我们是在越南岘港度过的。拥抱自然，观赏美景，领略每一处风习人情，享受美味佳肴，身心特别舒畅。我早已把疾病抛到了爪洼国。旅游可以疗疾，此话不虚。

这些年，我们沐浴在女儿、女婿的爱心和孝心中，我常和老伴说：这辈子，我们最大的成果是生了两个可爱、孝顺的女儿，又招来了（我有时开玩笑说，是"赚"来了）两个比儿子还亲的女婿，两个小家庭都很美满幸福。我们是有福之人，知足了。

外孙女从美国带回一件特殊的礼物送给我。小心地打开一层层严实的包装，竟是一个精致的瓷盘，并配有支架。瓷盘是椭圆形的，乳白色盘面并不大，容得下我的手掌。盘四周镶着灰绿色小叶状的凸形花边，显得很雅致。瓷盘上印满了咖啡色的英语箴言：

What Cancer Can't Do

It can't prevent Love

It can't conquer the Spirit

It can't silence Courage

It can't take away Memories

It can't weaken Faith

It can't defeat Hope

经一番推敲琢磨，我试译成下列中文：

癌症做不到的事

它阻断不了爱，

它摧毁不了精神，

它扼杀不了勇气，

它泯灭不了记忆，

它削弱不了信念，

它毁灭不了希望。

捧着这只来自太平洋彼岸的箴言瓷盘，我的心潮竟似海洋的波涛一样的翻滚着，激荡着，那就是与生俱有、生死与共、永远阻断不了的爱。

回想十九年前，外孙女两岁半时，即来到我们身边，进入了南大幼儿园，以后又入读力学小学，前后十年都和我们亲密接触。课余时间，我教她古诗文，教她写日记，并送她去幼儿英语班学习，公公则指导她阅读《西游记》、《水浒》、《红楼梦》和《聊斋志异》，在我们的熏陶下，养成了她认真读书、用心思考的习惯。考入南京外国语学校后，在良好的学习环境中，她进步神速，一飞冲天，高中毕业即被美国名校录取。"割爱放飞小蜻蜓，眼泪凝噎送爱孙。"三年半前我和老伴送她赴美深造，一方面十分欣喜，一方面也割舍不下。如今三年多过去了，她取得了优异的成绩，并被美国一家大公司提前录用。我确诊癌症后，外孙女总是时刻关注着我的病情，以最大的爱心鼓励我与疾病作斗争。如今送来了这块瓷盘，更可见她的良苦用心。

播种爱，就收获了爱，也就收藏了希望，这种代代相传的爱的力量，成为我战胜疾病的有力武器。

除了家庭亲人的关爱外，社会、单位、亲友、学生的关爱也令人铭感。 上海中医药大学何裕民、许国原教授以仁心仁术治病，何裕民教授南京工作室热情周到的服务，都给人如沐春风的感觉。 单位领导、亲朋好友、学生也都伸出了援手。 他们不仅从精神上鼓励我，还多方面访医问药，提供最佳的医疗方略。 我和老伴的一些研究生、进修生还给予了经济援助，为此我和老伴、女儿一再谢绝，但是他们说："我们就当是你们的儿女，如果是自己的儿女，你们拒收吗？"这种真挚的爱，使我既感动又不安，只好永志心间。

爱在，希望在。 希望如歌，引人奋进。 生病以来，我才真正感悟到人间大情大爱的真谛，感到爱和希望的力量。 我会将厄运踩在脚底下，坚强地活下去。 即使到了九霄之上，九泉之下，我也会感恩，感到幸福的。

2013 年 10 月 17 日

随笔

零拾对瞻

华盛顿掠影

在美国中西部大平原林肯市的内布拉斯加州立大学讲学时,朋友们对我说:"你要争取到华盛顿去一趟!华盛顿是美国的心脏,世界著名的美丽城市,到了美国不去华盛顿,犹如到了中国不去北京,那是非常遗憾的事。"

我终于没有遗憾。

一个学期,我所讲的"中国古代文学"课程圆满结束了,准备启程返回日夜思念的祖国。 这时,热心的美国朋友为我亲手绘了一张华盛顿游览路线图,津津有味地描述了一番华盛顿的风景名胜,并为我代购了由奥马哈经圣·路易斯飞抵华盛顿的飞机票,作一次短期旅游。 我乘坐上"奥札克"飞机,飞行了四个多小时,在滂沱大雨中抵达了华盛顿。

行装甫卸,草草安顿就绪,我便与几位中国留学生、访问学者冒雨来到市区中心,匆匆掠过独立大街、宪法大街、宾夕法尼亚大街,在心中粗粗勾勒了华盛顿的轮廓线。 在华盛顿一住六天,我几乎每天都到市区中心去观光游览,在粗线条上逐渐添加了几笔细线条。 于是,华盛顿的轮廓便由模糊而变得清晰起来。

华盛顿的全名是"华盛顿哥伦比亚特区",是为了纪念美国独立战争胜利后建国的第一位总统乔治·华盛顿和1492年发现美洲新大陆的意大利航海家哥伦布而命名的。据说这座名城的规划方案是由当时在美国军队里服务的法国工程师朗方设计的。华盛顿以市区核心部分的国会山——华盛顿纪念塔——林肯纪念堂为东西线，再以白宫——杰弗逊纪念堂为南北线，总体布局为一个既对称又变化、宏伟壮丽的建筑群。由国会大厦通过华盛顿纪念塔到林肯纪念堂，中间全长三千二百米，为一眼望不到头的宽广整洁的林荫大道，中间是一整片绿茵茵的大草坪。全国著名的纪念馆：国会图书馆、历史博物馆、自然博物馆、艺术展览馆、宇宙航空博物馆以及美国联邦政府各部门的首脑机关，都相距不远地坐落在这片绿洲上。建筑物前大多镶嵌着五彩缤纷的花坛、花圃。

我首先参观了白宫。那天很巧，一大早就搭乘上我国一个访美新闻学习班的专车，直抵白宫门前。下了车，只见参观人群在白宫外面排着几十米长的队列。托新闻学习班的福，我跟随他们不用排队就提前进入里面。白宫驰名于世界，但并不巍峨宏大，而是以精美别致取胜。白宫这幢建筑物是一位名叫詹姆斯·霍本的爱尔兰工程师根据18世纪末期英国乡间别墅风格进行设计，于1792年建成的。由于它通体采用石灰石建筑，外表又涂饰成乳白色，罗斯福总统便正式命名它为"白宫"。白宫是美国历届总统的官邸和办公室，为美国政府大厦。参观者进入白宫之前就像旅客乘坐飞机之前一样，必须经过安全检查。排在我前面的一个美国人首先将手提包交给门卫检查，然后单身过安全门。当他一只脚刚跨进安全门，警报器突然发出尖利刺耳的叫声，我和周围的人都吃了一惊。只见这个人不紧不慢，从裤袋里掏出一串叮当作响的金属钥匙——原来是这玩意在作怪。大家都不禁笑了起来。进入白宫，参观了历届总统会客、起居、吃点心的几个房间。房间都以颜色命名，有"绿色房间"、"蓝色房间"等等。房间里分别陈列着历届总统的画像，他们使用过的家具、器皿等什物。白宫东厅显得最富丽堂皇，是具有历史意义的地方，林肯执政时，这个地方曾做过士兵的兵营。白宫的后部，是有名的"椭圆形办公室"和"玫瑰花园"，为总统活动的天地。整个参观仅花半个小时就结束了。

出了白宫向南走，穿过一个椭圆广场，来到一片广阔的大草坪。一百六十九米高的华盛顿纪念塔就耸立在绿地中央。空旷的天地，把这座举世闻名的石塔衬托得更加雄伟壮观。据说联邦政府的法律规定：在这片特殊空间不准建造任何房屋，整个华盛顿特区的任何一幢建筑物都不得超过华盛顿纪念塔的高度。这个规定反映出，华盛顿——这位美利坚合众国的奠基者和缔造者，在美国人民中享有非常崇高的威望。

我随着人流依次排队，和一群来自加利福尼亚州的美国大学生一道，乘坐快速电梯登上塔顶。透过塔顶四周的玻璃向全城环视，真是气象万千，美不胜收：一条玉带般的波托马克河在西边静静流过，与浩瀚无垠的大西洋遥遥汇合。河的东岸是一片绿色幽境，壮美的建筑群星罗棋布于其中——这就是名城华盛顿。在塔顶，我特地给林肯纪念堂拍了一张鸟瞰图作为留念。也许是因为我在林肯市住了将近半年，对这位解放黑奴的先驱者林肯总统感到格外亲切、可敬。下了纪念塔，一直往西，走到市区西端，经过一条长长的倒映池,来到波托马克河畔,庄严肃穆的林肯纪念堂就坐落在这里。林肯这位曾在美国资本主义历史发展中起过巨大作用,为南方黑人的解放作出了重要贡献的杰出人物,正端坐在椅子上,两手平放在扶手上,双眉微蹙,陷于沉思之中。他是不是又在构思新的《宅地法》与《解放黑奴宣言》呢?

华盛顿的博物馆不下二十多个,其中宇宙航空博物馆对人们的吸引力最大。据说每年的观众多达一千万人次。这个博物馆收藏极其丰富,它搜集了各种类型的飞机、宇宙飞船、火箭和导弹,分为"飞行的里程碑"、"人造卫星"、"火箭与宇航"、"阿波罗登月"等二十三个展厅。观众参观各展厅之后,如有兴趣,还可买票到博物馆附设的放映厅去领略一场为时二十分钟的特殊电影。那电影的银幕很大,几乎占据放映厅一整面墙壁。影片用一种特制拍摄机拍摄,又用一种特制放映机放映,使人看时有身临其境的逼真感。我那天看的影片名为《飞行者》,是一部反映美国飞行人员生活的纪录片。其中有个镜头:一个扮作小丑模样的男人,站在飞机机翼上戏耍,飞机正在飞行,突然间他解开身上的安全带,从机翼上腾空跳了下去,人在空中急遽坠落,坠落,我们观众也感到头晕目眩地在坠落,有人甚至吓得喊了起来。正在这时,另外一架飞机急速向下飞行,恰好把那个人在半空中接住。电影散场了,观众仍感到惊魂未定,不得不叹服飞行者与拍摄者惊人的绝技。

在林林总总的展览馆中,国家艺术展览馆尤其引人入胜。位于西首的国家艺术馆,听说是一位名叫麦隆的人捐献给国家的礼物。

它创建的很早，从 1941 年就开馆了。这所宏大精美的展览馆，为古代著名艺术家的作品提供了一个理想的陈列场所。它收藏着大量名贵的艺术珍品。主要一层陈列着 13—19 世纪欧洲和美国的绘画与雕塑作品；下面一层除绘画与雕塑外，还陈列有版画、装饰艺术等作品。可惜时间太紧，我对这些琳琅满目的艺术珍品只能一掠而过，来不及一一品赏。在美国，国家艺术展览馆对于高深精博的研究工作与教育事业是具有特殊重要意义的，美国人民对它很关心、支持。听说有近四百名热心的捐献者不断向艺术馆提供出大量珍贵的艺术收藏品，使得西部艺术馆再也无法容纳下了，因此它只好准备改进设备，进一步扩大馆的规模。位于东首的国家艺术馆，造型独特新颖，建筑物本身就是一座别出心裁的"△"形艺术雕塑体。在这座艺术之宫里，陈列着 20 世纪的艺术作品：优秀的油画、雕塑、版画、素描以及其他艺术精品。尽管由于东西方民族审美意识与审美趣味的差异，我们对某些现代派的艺术作品难以完全理解与欣赏，但不可否认，它们最能代表美国艺术的风貌与特色，它们给观众（特别是欧美观众）提供了一种深邃丰富的艺术感受，得到人们的共鸣与喜爱。

除艺术展览馆外，自然博物馆也是令人感兴趣的地方。在这里，你可具体领略到大自然的伟大造化力。例如博物馆中的钻石宝石展览厅，展出千百种大大小小、光怪陆离、鬼斧神工之妙的钻石宝石，汇成了一片光与色变幻莫测、璀璨夺目的神话世界，吸引着大批观赏的人群。但自然博物馆最吸引我的却是"亚洲艺术"厅。完全没有想到，这个地方竟给我的华盛顿之行陡添了一支激动人心的插曲。那天,当我在自然博物馆"亚洲艺术"厅参观时,无意间走到一个大橱窗前,一下子给怔住了。三个真人大小的中国京剧舞台人物站在我面前,那么熟悉,那么亲切,仿佛呼之欲出。在这举目无亲的陌生人海中,真是他乡遇故知啊!我差一点惊喜得叫了出来。仔细瞧一瞧,原来是传统剧目《二进宫》京剧的大型塑像:正中端坐的是李艳妃,怀里抱着年幼太子,左右两侧站立的是爱国忠良定国公徐延昭和兵部侍郎杨波。正凝神时,突然电钮被谁拧开了,一阵悠扬悦耳的京剧唱腔顿时在整个大厅之中荡漾起来……啊,乡音,来自故国乡土的声音!说也奇怪,此时此刻,它对海外游子的我,竟产生了一种神奇的魅力,沁我肺腑,撼我心魂,使我一时间如痴如醉,不能自已——这是在国内从没有体验过的一种异样感情。优美的京剧吸引了愈来愈多的外国朋友在橱窗前驻足围听,我情不自禁地用英语告诉他们:"这是我们国家的!"刚好有两个黑头发、黑眼睛、黄皮肤的男青年走过来,他们立即接上话头,以自豪的神情用英语说:"这是我们国家的!"话刚落音,其中一个用英语问我:"请问,你能说中文吗?"我兴奋地回答他:"当然,我是中国人嘛!"彼此又打听了对方一句,哦,原来是一家人。他俩是台湾来的留学生,我们的骨肉兄弟。说到这里,大家不禁相视而笑,紧紧地握手、问好。

"这是我们国家的"——天涯咫尺,海峡两岸的炎黄子孙在异国相逢,仅此一句话就道出了共同的心声。五千年古国历史文化将世世代代把大陆和台湾宝岛紧紧连在一起,把海内海外炎黄子孙的中国心紧紧贴在一起。

饱览了六天华盛顿的美好风光，临离开时，又感受到华盛顿普通人民的友好情谊。那天吃过午饭，我准备去"灰狗"（公共汽车）站购买开往纽约的车票。在马路边，我向一辆车顶上标着黄牌牌的出租汽车一挥手，车子就开过来。司机是一位美国老人，背有点驼，饱经风霜的脸上露出和蔼的笑容。他把我的行李箱拎进车内，一路上问长问短，与我聊个不停。"灰狗"站到了，我按照车内计算器上所标出的行程计费价目，如数付给他三美元（包括小费在内），他摇摇头，不愿意要。我心里想他大概是嫌少，便加了一元，但他仍然摇摇头，坚决不收。我感到很奇怪，对他的这种态度困惑不解。于是，我一边问他为什么不肯收钱，一边准备把手里的钱最后塞给他。哪知他严肃地回答说："你是尊贵的中国客人，从遥远的万里之外来到美国教书，我们应当感谢你才是。现在偶尔坐一下我的车子，我怎么能收你的车费？你不要再给我钱，否则我要生气的。"我一时竟为他的这种出乎意外的友好之举给怔住了，不知如何办才好。幸好，忽然想起挎包里还备有送给友人的礼品——两幅中国画，便赶忙掏出来赠送给他，略表答谢之情。他非常高兴，从上衣口袋里取出一张名片交给我，说欢迎我下次再到华盛顿来做客，他一定开车带我到各处去好好观赏一番。从这张名片上，我有幸得知这位淳朴善良的美国老人名字叫作"乔治"。我手里捏着他的名片，站在"灰狗"站售票处的门口，目送着他驾驶的小汽车消失在马路上湍急的车流里……

短短六天的华盛顿之行，给我留下了难以忘怀的记忆。说来也有趣，如今每想起华盛顿，便同时浮现出：乔治老人那刻着深深鱼尾纹的慈祥脸庞，独立大街与宪法大街之间的一大片绿色草坪，《二进宫》中李艳妃甜美的唱腔，以及两位骨肉兄弟爽朗的笑声，它们都和谐地交织成一幅有声、有色、有光、有影的画面。

刊《女子文学》1984 年 4 月号

一幅美国校园幽默画

我在美国林肯市内布拉斯加州立大学讲学时，住在一幢亚非拉人种俱全的公寓里。我的隔壁住着一位留学生F君，毕业于上海一名牌大学，正在内大攻读计算机博士学位。虽是门挨门的近邻，平时却很少晤面。F君早出夜归，成天泡在计算机房里，连节假日也不例外。留美师生组织的各种PARTY（聚会），几乎见不到他的影子。有一天F君忙中得闲，特地邀我到他住处小坐。抬头间，看见一幅怪模怪样的幽默漫画（见附图）贴在他的卧室门上。画面上是一个人被上下两片木板挤压成扁平状，那人两只眼球暴出，泪水、唾液四溢，口中骂道："GO AHEAD, YOU S—O—B, GIVE IT A TURN! I WORK BETTER UNDER PRESSURE!"（"来吧，狗娘养的，再来一下，在压力下面我会干得更好！"）

漫画构想怪诞巧妙，形象独特奇异，线条凝重酣畅，画中语言虽粗俗却兼有妙趣，画中人对"PRESSURE"（压力）既咒骂又甘愿承受的复杂心理与幽默口吻，令人发噱，更令人鼻酸，可谓笑中含泪。整幅画面具有一种痛快淋漓、振聋发聩的艺术力量。

我紧紧被它吸引住了，忙向F君打听此画的来历。

F君说："美国学生被没完没了的作业、考试压得透不过气来，

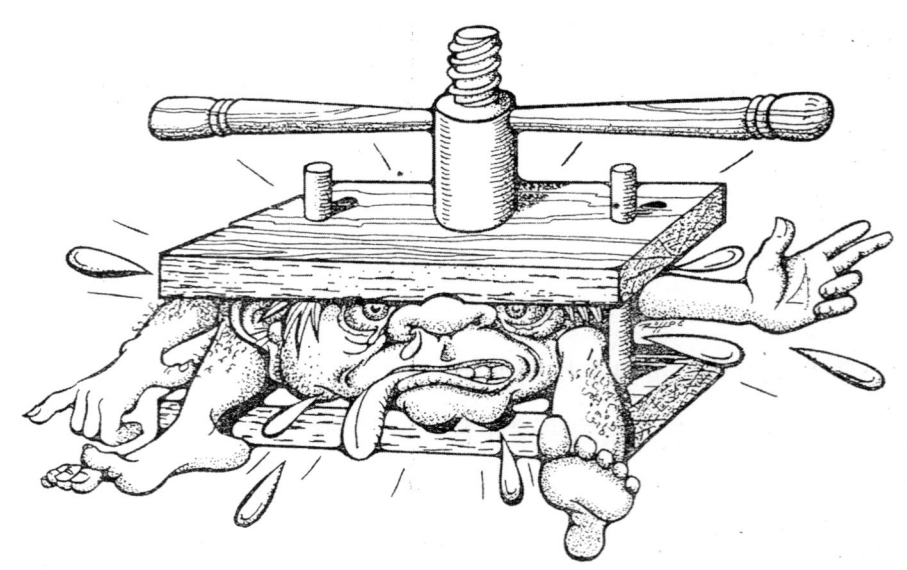

"GO AHEAD, YOU S-O-B, GIVE IT A TURN!
I WORK BETTER UNDER PRESSURE!"

人人都憋着一肚子怨气。不知是谁画了这么一幅漫画,给大家痛痛快快地出了口气!我在美国学生宿舍看到这画,打心眼里感到痛快,赶忙复印了一张,回来贴在门上,每天都看它几眼。"F君见我对它很有兴趣,便立即从门上揭下送给我,说他可以再去复印一张。

这幅校园幽默画,不止是反映出美国大学生深层的生态与心态,而且照见出整个美国竞争社会中人们的生态与心态。画面所包容的社会文化底蕴是相当深厚的,颇耐人寻绎、回味。

这幅画又是F君和广大中国留学生的生动写照。

F君抛子别妻来到美国,顶住巨大压力苦读奋斗。他以最佳的学习成绩(全A)、最短的学习时间(一学期加一个暑假)取得了硕士学位,在内大一时传为佳话。连内大校长都承认大陆中国来的留学人员是最出色的。公寓中的台湾同学一提起 F 君这样的大陆学生，就竖起大拇指，说："我们的骨肉兄弟真了不起，为中国人争了光！"回国后，我一直珍藏着这幅画。每次看到它，就会想起 F 君，想起成千上万在美国承受种种压力苦读成材的祖国优秀儿女们。

刊《扬子晚报》1993 年 9 月 13 日

MADE IN CHINA

时隔十四年,当我再次踏上美利坚国土,一个强烈的感觉是,"MADE IN CHINA"(中国制造)的商品到处可见了。

回想1983年,当我第一次到美国林肯市内布拉斯加大学讲学时,每经过各地商埠,都留意寻觅中国商品。遗憾的是,除了在东方店里可以见到四川榨菜、镇江香醋、广东生抽王、上海梅林罐头以及香菇、木耳等中国特色食品外,在百货连锁店里中国的商品凤毛麟角,难觅踪影。

最刻骨铭心的是,有一次独自在纽约街头徜徉,走过一爿门面不大的店铺,见门口摆着两只大箩筐,上面贴着醒目的大字:"ON SALE"(大减价),近前瞟了一眼,筐里尽是折扇、团扇、绣花拖鞋之类的工艺品。再仔细一瞧,全部是 MADE IN CHINA。猛然心头一怔,苦苦寻觅不见的中国商品原来躺在这里!愧赧、压抑、不平,久久不能自已。为什么咱们泱泱大国的商品落得如此下场?愈思愈不是滋味,回国后便提笔疾书,向外贸部吐诉我的所见所感,并提了一通不着边际的意见。没料到,一位负责人还认真回了我一封极其恳切的长信(可惜这封信早就被我弄丢了)。

物换星移,随着对外开放步伐的日益加快,今天中国商品在美国的比重与地位已远非昔比了。

今天在美国的一些大购物中心、中低档百货连锁店、廉价商场、新移民和中下层移民聚居地区以及各地华埠，中国商品到处可见。尤其是鞋帽、服装、玩具、皮革制品、家用电器以及其他日用百货，几乎俯拾皆是。在纽约华埠约有半数商品来自中国。在纽约著名的十四街廉价市场，在西班牙裔聚居的杰克逊高地，在黑人集中的特兰市，中国商品可谓琳琅满目。至于99美分的特价商场，更是中国货唱主角的舞台。中国商品由于面向大众，价格低廉，切合实用，在美国越来越受到广大顾客的青睐，市场竞争力也在逐步增强。

有人曾调侃说："从早上起床到晚上睡觉都离不开中国商品。"拿我在女儿家生活一年的体验，此话一点不假。每天早晨醒来，第一眼看到的就是MADE IN CHINA的床头钟，起床喝的第一杯水，就是从中国暖瓶倒进中国瓷杯的开水。烧饭时灶具上使用的报警器，做菜用的刀子、勺子、铲子以及各种调料，也多半是中国货。平时穿戴的衣物使用的生活杂品等等，也有不少是中国商品。书桌上用的座式台灯，客厅、卧室照明的落地灯也都是中国制造的，直到睡觉时枕的枕头，还是MADE IN CHINA。

是不是只有生活在美国的中国人喜欢买、习惯用MADE IN CHINA的东西呢？并非如此。女儿所在公司的美国同事说，他们各人家里都不乏中国货，有位美国同事前不久要外出开会，特地去选购了一只中国造的新颖皮包，虽然价格不菲，200多美元，但皮包的质地、色泽、式样都不错，他很满意。有些中国货确已跻身优质产品行列。有位中国朋友冬天要买件风衣，选了好久都不中意，后来前往一购物中心，营业员介绍一种名叫"伦敦雾"的名牌风衣，面料质地、做工、款式、颜色都挺好，一试即中意，售价200美元，付款后才发现是 MADE IN CHINA，由美国设计中国制造的，不禁一阵惊喜。

中国商品中锋头越来越健的要数玩具了。1997年2月10日第94届美国国际玩具展在纽约开幕，从中国内地、港台地区进口的玩具随处可见，其中长毛绒或填充式动物玩具，清一色来自中国内地。像美国孩子最爱不释手的填充玩具"欧尼"（著名儿童节目"芝麻街"中可爱人物）、"101斑点狗"、"狮子王"、"外星人"等等，这些市场上的畅销产品，都是 MADE IN CHINA。

在欣喜中国商品大量登上美国土地，积极开拓国际市场的同时，也有令人忧虑之处。比如，在美国一些高级百货公司中，中国商品仍然寥寥无几。即使在一些中高档百货连锁店，中国商品所占的比例也还是微乎其微的。据报载，许多价廉物美的中国货仍遭到冷遇，被搁置一旁。而且，有些商品由于盲目涌入，造成了超饱和状态，引起中国商家自相杀价的现象，使原来高贵的商品跌成了低价货。这是很令人痛心的事。比如，中国传统的丝绸产品、陶瓷、红木家具以及工艺品，由于供过于求，常常成了美国市场上的滞销货。有些商品，由于过分追求传统性，而缺乏时代感和实用性，也引不起美国顾客的兴趣。我曾在美国商店的特价货架上，看到不少中国生产的各式男女真丝绸衬衫，面料质地很好，但设计的款式陈旧，这样的衬衫，连今天追求时尚的国人都不会感兴趣，更何况洋人？

总的来说，中国货一般是价廉物美的，但有些货则价廉物不美，首先是质量不过关。比如一台落地灯刚刚买回家，在安装时就发现底座上的螺丝帽竟不配套，费了好大劲勉强凑合起来，灯柱又歪歪倒倒，难以使用，只好拿去退换。再如一只录像倒带机，用了不到两年就磨损坏了，常常无法开启，把好几盘录像带都拉断了。又如灶台报警器，看来小巧玲珑挺可爱，可惜性能太"灵敏"了，把什么都当成了"警"。开始时炒菜一冒油烟它就尖叫，过了几天，连烧开水冒蒸汽它也"嘟嘟"尖叫，再过后，灶上什么也不冒它也莫名其妙地叫，叫得全家不得安宁，只好把它取下，放进抽屉里睡觉。

其次是包装简陋粗糙。有一次在中国店买了瓶中国内地产的红豆腐乳，瓶上商标纸剥落了一半，打开瓶盖，里面瓶口封纸也是破的，从破缝中窜出一股怪味，令人作呕，只好立即去退货。

一位在美从事中国商品贸易的华人总商会负责人对此深有感慨，语重心长地说，提高质量，加强设计，注重实用，搞好包装，并以此提高产品的档次，是中国商品在美国市场上的出路。不然，老是进不了高档商品的大雅之堂，那是十分可惜的。

在新世纪即将来临的时刻，我国对外贸易将要跨上一个新台阶，将完善全方位、多层次、宽领域的开放格局，增加国际竞争力。如何以提高效益为中心，坚持以质取胜，树立 MADE IN CHINA 优质名牌意识，应是刻不容缓的。

愿祖国经济更快更好地腾飞！

望 MADE IN CHINA 的商品多创高档名牌，在世界上拥有更高更好的声誉！

刊《莫愁》1998 年 7 月号

溶不掉的中华文化

新世纪转瞬将至。中国人民期盼百年的香港回归，今年7月1日就要成为现实，一个新时代即将开始。香港正式摆脱英国殖民统治，实施在中国主权下的高度自治。在这新旧更替历史转捩的关键时刻，《明报》应运登上了新大陆，"矢志为美国华人服务"。深信四十年来誉冠香港的《明报》，必将获得读者的信赖与支持，美国华人将会与之结为须臾不离的良师益友，共同迈向新世纪。

温故而知新。回顾历史，华人对美国新大陆的开拓和建设功不可没。自19世纪40年代起，华工开始大量涌入新大陆，首先是在美国西部开发经营，继后遍及全美。经过几代人的艰苦卓绝奋斗，华人为美国社会的发展取得了不可磨灭的贡献。自中国改革开放以来，美国华裔人口与日俱增，至今已达二百万人。如今华裔在美国政治、经济、科技、文化各行各业中愈来愈发挥巨大的作用，并涌现出一批成就卓著的优秀人物。仅举去年荦荦大者：骆家辉在华盛顿州当选为美国有史以来第一位华裔州长，创下华裔参政的历史纪录。何大一因为研究爱滋病的突破性贡献，成为跃登《时代周刊》"年度风云人物"宝座的科学家，首开全美亚裔的先例。全美华人无不扬眉吐气，为之欢呼，喝彩！希望报人多以浓墨重彩来绘写优秀华裔的事迹，以高扬华人的自尊、自信、自强精神，激发年轻一代刻苦自励、奋发向上，俾使更多更好的才俊脱颖而出。我们竭诚希望《明报》创刊后，能成为在美华人的喉舌与代言人，为华人的生存与发展开拓更广阔的空间，为提升华人应有的社会地位大力鼓吹，在迈向新世纪时创造更辉煌的业绩。

世界正在走向多元化。人类社会本来就具有多样性，人们对生活方式的选择有着很大的自由度，因此大家应抱有更为宽容的社会生存意识，尊重这种多样性与自由度。

美国是个移民的融合社会，有人用形象比喻说："美国生活是一种强烈的溶剂"，信哉斯言。然而具有五千年优秀文化传统的华裔，虽长期生活在美国，却禀有"溶"不掉的一面：中华文化与中华美德。由于这方面的深厚积淀，显示出一种自我存在的最好方式，形成为华裔源远流长、卓然而立的民族特色。作为一份中文报纸《明报》自当以弘扬中华文化为己任，蕴春秋色泽，展日月光华。放眼未来的新世纪，我们企望生长于美国的儿女们，自小就禀有"溶"不掉的一面，使中华民族的文化与美德得以传承，发扬光大。广大华人当与《明报》携手耕耘，优秀生动的书面教材与生活教材将是取之不尽、用之不竭的。

展望新世纪，我们满怀信心，将以最轻快、最稳健的步伐跨进新世纪的门槛。

1997 年春

《与〈明报〉共同迈向新世纪》征文获奖作品

令人困扰的美国计量制度

现在,世界上绝大多数国家都采用国际统一标准的度量衡制度。我国也于前几年废弃市制计量单位,与国际接轨,长度改尺寸为米,容量改石斗为升,重量改斤两为克。使用起来,简易便捷,人们无不称善。

然而令人费解的是,作为超级大国的美国,在度量衡制度上却墨守陈规,至今仍旧沿袭英制度量衡,与当代国际潮流背道而驰。在美国,量身高用英尺、英寸,计容量用加仑、盎司(安士),称体重用磅。当需要与国际接轨时,再将它们折算成国际单位制的米、升和千克。于是,计算起来叠床架屋,商店出售的每件商品都印上一长串繁琐的符号。例如:

一罐果汁的标签上印着容量单位为1加仑、128液体盎司、3.78公升。

一筒食盐罐重量标示为26盎司、1磅10盎司、737克。

一瓶玉米油的容量标示为48液体盎司、1夸脱1品脱、1.42公升。

……

真是不胜其烦。每次我走进超级市场,一看到这些计量符号,就感到眼花缭乱，头脑发胀。

在美国住的日子长了，我才知道，美国这种落后保守的计量制度，不仅令我们这些"洋人"坠入五里迷雾，也早已扰得美国人自己晕头转向了。

尽管美国不乏世界第一流的数学家，但在日常生活中，确有不少美国人连一磅等于多少克也弄不清楚。你告诉他一磅等于453.6克，他却算不出1000克等于多少磅。也有人常为身高的换算犯愁，不知道××英尺××英寸折算成厘米是多少。

为什么会造成这种状况呢？有人分析说，美国学生从小做算术题是靠计算器，长大后依赖电脑，与中国学生从小到大靠的是心算笔算完全不同。因此美国学生与中国学生相比，普遍缺乏数学基本功训练，数学根底薄弱。除此之外，我想美国人受现行度量衡制度的困扰，恐怕也是个重要原因吧。

有人曾作过调查，指出受到现行计量制度换算困扰的，不仅有很多青年学生，还有成年人，甚至有的学者也难免失误。调查列举出某些生物、医学论文中数学计算的错误作为例证。

既然美国现行计量制度存在如此显而易见的弊端，为什么至今仍故步自封，没有改变的迹象呢？这是十分令人困惑不解的问题。据报载，有一本权威的美国医学期刊，几年前曾公开鼓吹，要在该杂志上独尊英制度量衡。看来，这可能是症结所在。要想改变美国的计量制度，首先得要改变的是这种唯我是尊的做派呢。

1997年10月31日

万圣节记趣

一、万圣节前逛"鬼店"

10月31日是美国的万圣节,民间俗称"鬼节"。

一进入10月,美国的超市和众多的百货店,都纷纷摆出了万圣节的货品:黄橙橙、圆鼓鼓的大南瓜,镂空的或用塑胶制成的南瓜灯笼,狰狞诡异的鬼面具,奇形怪状的鬼服装,扮神弄鬼的化妆涂料,五光十色的闪烁灯,还有各种廉价的鬼糖果,绘有南瓜灯、黑猫、稻草人、小精灵的卡片和工艺品,以及各种应时的节日用物。有的购物中心还专门开辟了鬼节专卖店,人们戏称为"鬼店",那里更是琳琅满目,应有尽有。

10月初周末的一个晚上,女儿偕我和先生特地去鬼节专卖店观光。 进入购物中心不足五十米,远远就看到一店门上方霓虹灯制作的Happy Holloween(万圣节快乐),格外耀眼,这就是鬼店。 走到店门口,只见门两侧落地橱窗中,一边是电动的魑魅魍魉,正在手舞足蹈,不时发出怪异的响声;一边是一口敞开盖子的棺材,里面躺着一具白骨嶙峋、呲着白森森牙齿的骷髅。 这一动一静,已给鬼店营造出了鬼节氛围。 跨进店门,只见店堂中、货柜上、走道旁到处都是鬼怪，站着的，坐着的，躺着的；全身的，半身的，断腿缺胳膊的；四面墙上挂满了鬼面具、鬼服装、鬼发饰、鬼道具。令我吃惊的是，处于店堂醒目位置，美国总统克林顿和第一夫人希拉里的鬼脸模拟像也跻身于群鬼之中，那脸谱、那造型，夸张，谑化，令人发噱。我不解地望着女儿，女儿笑着说：万圣节年年如此。历届总统都是老百姓逗乐的对象，这正是美国人的幽默。我注意一下周围的美国人，他们在经过总统夫妇模拟像时，有的友善地摸摸克林顿的鬼脸，有的投以微笑，更多的是视而不见，人们都以一种正常心对待之。

我们在鬼店一边观光，一边拍照，一边也选购了几件工艺品。售货员根据我们的需求，不时爬上扶梯，从高墙上取下鬼面具、鬼发饰，帮我们戴上，女儿特地为我们拍了张扮鬼照片，作为"到此一游"的留念。售货员热情地告诉我们，店里的鬼服装、鬼发饰、鬼道具可以出售，也可以预约租借，在万圣节之夜，穿戴上这些东西参加各种游乐活动，那真是妙不可言。我们明白，他是在巧妙地向我们兜售鬼商品呢。

二、争奇斗胜　各呈异彩

万圣节现已走向商业化，是美国商人发财的大好时机。据全美零售联盟的调查发现，如今美国人为万圣节花费的钱已超过了母亲节、复活节，仅次于圣诞节。在长达一个月的节日盛事里，消费者为过好玩好，似都愿潇洒地大掏自己腰包。

还在10月初，有的家庭已经大包小包的采办节日用品，率先把自家门庭装点了起来。过了月半之后，家家户户都忙乎起来，各式各样的鬼节装饰都纷纷出台亮相。万圣节前数日，我们经常沿着所住小区的街道到处转悠，真是稀奇古怪，匪夷所思。到了夜晚，街灯，门灯，南瓜灯，闪烁灯一亮，幢幢鬼影在寒风中飘忽，诡谲，神秘，又别是一番风致。

有的人家沿着门前草坪摆了几十盏装有小电灯的塑胶南瓜灯，树上错乱地挂满了大小骷髅和白色小精灵，树下站着一对衣着亮丽的鬼情侣，男鬼手持一柄三股叉，紧贴着女鬼，似在防护情人免受恶鬼侵犯。有的家客厅玻璃窗上贴了鬼面具，窗台上摆了南瓜灯，还巧妙地利用草坪上的灯柱，将一个皮制的鬼头套在玻璃灯罩上，鬼头上戴着一顶红色的小运动帽，脸颊上刺进一支箭，正在淌血，身上穿一套浅咖啡色的蹩脚西装，西装两袖空荡荡的，脚底蹬了一双破旧的黑皮鞋，晚上灯一亮，怪瘆人的。有的大门前挑出一杆绘有黑猫的方块旗，屋檐下摆了一堆捆扎齐整的长方形稻草，一个戴着微翘阔边帽，穿着暗红格上衣，系着宽皮带的西部牛崽鬼赫然站在草垛上，他左前方的树上挂满了杯盏大小的南瓜，在阳光下一树黄灿灿的，正好和黑猫、牛崽相映成趣。有的人家大门廊沿上坐着一个穿黑衣的老巫婆，脚下躺着一具骷髅，又从二楼窗外吊着一个真人大小的鬼魅，脸朝里，两手扒着窗户，一腿伸着，一腿蜷着。乍一看，我们还以为是小偷在攀窗盗窃呢。我们对门住着一位单身女职员，工作很忙，但也不甘人后，总利用周末休息时间忙乎不停，在树上挂了一串串闪烁灯，门前两侧摆了两个十多磅的大南瓜，沿大门屋檐墙上挂着用尼龙丝织成的大蜘蛛网，两具大小骷髅正在蛛网上挣扎，也很新奇别致。这一家家一户户的鬼节装点，竟出奇招，无一雷同，充分展示了美国人家特有的审美取向与生活情趣。

入乡随俗。女儿特地从鬼店买了一个木雕的骑扫帚女巫，挂在门口墙上。爱好丹青的我用一块泡沫塑料画了一个骷髅头，绑在一根木桩上，再套上件旧衬衫，将它插在草坪中。又用彩色纸剪了一个三毛式的鬼脸南瓜和一只努目翘尾的大黑猫，贴在大门上。那黑猫站在鬼脸南瓜顶上，分外神气。我们家的装饰引来了美国芳邻的注目，他们说骷髅头画得很逼真，中国剪纸很有趣，有民族特色。有两位主妇还想跟我学学剪纸呢。

三、万圣节之夜

那天女儿女婿下班比平时早得多，我正诧异，女儿说：我们老板下午四点钟就提前回家了，说是晚饭后要开车带他儿子女儿挨家挨户去讨糖呢。女儿特意买回几大袋糖果，准备应付来敲门的小孩子。夜幕刚刚落下，我们正端起饭碗，门铃就响起来，打开门，就听到"Trick or Treat"（不请客就捣蛋）的叫声，一群脸上涂抹七彩金粉，扮成妖魔鬼怪的小孩，每人手提一个空口袋，笑嘻嘻地围在大门口。我们赶忙发糖，每人一大捧，一个个满意而去。还未扒两口饭，门铃又响了，这回是一个四五岁的小女孩搀着刚会走路的弟弟来讨糖，两张小脸蛋抹得横一道竖一道，说不清像猫像狗。正纳闷这么小的娃娃怎么走来的，往外一瞧，一辆轿车停在不远处，车门口站着他俩的爸爸妈妈，正向我们挥手致意呢。一顿饭功夫来了七八批孩子，买来的糖果不够分，只好把家中储存的巧克力等取出来搭上。匆匆吃完饭,我们连忙驱车上街,去领略一下美国鬼节特有的欢腾乐趣。

一到街上,正碰上化装游行,只见万头攒动,群魔乱舞,我们脚还未站稳,就被汹涌的"鬼"潮卷入激流之中,一下子被妖魔鬼怪团团围住。只见牛头马面、吸血鬼、黑金刚、独眼海盗、钟楼怪人、外太空来的E.T、星球大战中的机械人,以及非人非兽、恶形恶状的怪物,都龇牙咧嘴对着我们嘿嘿笑,左扭右摆,使你不得不为老美出奇的想象力和充沛的生命活力惊叹不已。每个"鬼"都不雷同,衣着面具各异,反正是打扮得愈骇怪便愈显得独树一帜。只有我们是素面朝天,倒也与众不同,自具特色。眼看无法冲出鬼圈,只好随着"鬼"潮缓缓向前流动。头顶上落着"花"雨,那是高楼上洒下的五彩纸条纸屑,耳旁响着震耳欲聋的重金属摇滚乐声,混杂着"鬼"的叫声笑声,直把每一个卷入这股狂烈而谲怪热潮中的人,都搅得心旌摇荡,我们也随之忘情地大叫大笑起来,仿佛不如此不足以宣泄此时此刻内心的特异欢畅与震撼之情。

"鬼"潮终于流到了尽头。我们信步来到一所鬼屋前,里面闪出星星点点的灯光,显得幽暗而神秘。随着游人排队鱼贯而入,一抬头瞥见屋角吊着一个鬼,浑身是血,肋间插着一把刀。也许是鬼见得多了,竟然不觉得害怕。屋里放着几个大盒子,每个盒子都开了个洞,让人伸手去摸。第一个盒子里放的是剥了皮的葡萄,圆溜溜,水唧唧的,说那是人的眼珠子。第二个盒子里放的是用水和好的面粉团子,湿湿软软的,说那是人的脑子。第三个盒子里放的是干水果片,有点韧劲,说那是人的耳朵。大家一边摸,一边哄闹欢笑,西洋景一戳穿，也就不感到恐怖了。 里屋还有不少鬼花样，因游人多，我们不愿多花时间排队，只得舍弃了。

走出鬼屋，往前不远处热闹非凡，原来是街头舞会开场了。 只见七色彩灯在攒动的人头上闪烁着鬼魅般的幽光，伴奏的乐队吹打起尖拔而蛊惑的曲调，按着节拍，台上表演者与台下观众都无例外地疯狂摇动头颅，扭动身躯，配合默契，融成一片。 表演者各显其能，扮人扮鬼，演长演短，悉听尊便，虽是即兴演出，然而花样翻新，奇招迭出，引得观众捧腹大笑，鼓掌喝彩……

夜深了，我们准备打道回府。 在通往附近停车场的路上，有一排小树，我走在最后，突然见其中一棵小树活动起来，还没醒过神，小树突然变成了一个青面獠牙的鬼向我奔来，我吓得直叫，家人大笑起来，原来是个耍恶作剧的美国"鬼"。

四、万圣节与中元节

万圣节是美国的鬼节，中元节是中国的鬼节，如果把二者比较一下，是颇有趣味的，可由中西方对待"鬼"的不同态度与做法，见出中西方文化的差异。

中元节（农历七月十五日）本是道家的节日，旧时道观在这一天作斋醮，道士以诵经作法事和三牲五果来普度十方无祀的孤魂野鬼。 它同时又是佛教节日，僧寺在这一天作盂兰盆斋，宗旨是追荐祖先。"盂兰盆"，梵文 Ullambana 的音译，意思是"救倒悬"。《盂兰盆经》载，释迦弟子目连，看到死去的母亲在地狱受苦，如处倒悬，求佛救度。 释迦要他在七月十五日即僧众安居终了之日，备百味饮食，供养十方僧众，可使母亲解脱。佛教徒据此神话兴起盂兰盆会。据《佛祖统纪》卷三十七，中国自梁武帝时（502—549年在位）始设"盂兰盆斋"。节日期间，除施斋供僧外，寺院还举行诵经法会以及举办水陆道场，放焰口，放灯等宗教活动。自此以后，历代不衰。唐李商隐《中元作》诗"绛节飘飘宫国来，中元朝拜上清回"。可见唐代中元节的空前盛况。

撇开种种迷信成分不谈，道家的"普度"，佛教的"救倒悬"，其初衷显然出于推己及人的"仁爱"之心，出于对祖先父母报恩的"孝亲"之情，是难能可贵的中华美德。恰好由于同一时间（七月十五日）的巧合，民间在观念和仪式上往往把中元、普度和盂兰盆会混合为一了，道、佛原不相涉的祭仪内容也就融汇不分了。

中元节后称鬼节，自古以来民间便相传七月初一是"开鬼门关"，七月三十日是"关鬼门关"，在整整一个月里，所有的无祀孤魂全从阴间出来，到世间各处游荡觅食。因此民间各地都纷纷在这一个月里供祭，普遍超度孤魂野鬼。后来才简化成在七月十五日这一天举行"普度"祭仪。

中国人一向忌讳谈鬼，大概是深受孔子"不语怪力乱神"教导的影响吧。过去人们总认为鬼节是不祥的月份及节庆，应在此期间避免嫁娶、搬迁、建屋、开工等一切喜庆活动。如今迷信虽已破除，但广大民间仍不乏焚香烧纸钱祭拜的，为的是祈求鬼魂返回阴间，别来缠身，保佑世间亲人平平安安。

万圣节起源无法精确考证，据说它源于教会、塞尔特人节庆以及丰年庆。中世纪时把10月31日看作除夕，认为所有死者的灵魂将在这一天晚上回访故居，以后演变为一个基督教的节日。如今它几乎变为美国全国性的老幼同乐的狂欢节日。鬼节将至之时，到处装点得鬼影幢幢，精灵翩翩，一片节庆景象，表现出人们乐于与鬼为友朋，全无恐怖之心。

就这样，万圣节与中元节，一西一东，虽都源自宗教与民俗，发展的结果各异：西方重人轻鬼，以鬼娱人；东方重鬼轻人，以鬼慑人。我在想，随着时代与社会的飞跃发展进步，我们何不改变一下旧观念，对中元鬼节来一番改造，赋予它全新的涵义，为人民大众增添一份节庆的欢愉呢。

刊《看世界》第 49 期(1998 年 10 月)，题名《美国撞"鬼"记》有删节，现恢复原题原文。

菊花脑在美国

菊花脑是南京人最爱吃的一味野菜，也是我家餐桌上出现频率最高的佳肴之一。此物清香爽口，风味独特，不仅营养丰富，且具有清热、解毒、祛风、平肝、明目的药用功效。

我和先生这次赴美国探亲，本想给小女儿带一些种子去，可是朋友提醒说，菊花脑只认准南京的水土气候生长，只满足南京老乡的口福。在国内，不少人把种子带到外地去试种，都一一遭到了失败，你们竟打算带到美国去种，岂不是白费力气吗？想想此话不无道理，《晏子春秋》不明明写着"桔生淮南则为桔，生于淮北则为枳"么！

我们抵达美国时，正值炎热的夏天，开始两个月，暂住在印第安纳州首府印第安纳波利斯近郊的一幢公寓里。一天早晨，与先生到湖边锻炼，突然在路边的草丛里发现了一小片野生马齿苋。仿佛他乡遇故知，不由喜出望外，连忙上前采摘。一向行事谨慎的先生，忙加阻止说，别摘！叶状很像，未必就跟中国的一样，说不定有毒呢。我不听，径自摘了一小把带回家。洗净后，在开水里焯了一下，拌以油盐蒜泥醋，以神农氏尝百草的冒险精神，大胆尝了第一口——嗨，味道好极了，跟中国的毫无二致！过了半晌，感觉没有什么"中毒"不适反应,便让先生也尝了一口。 剩下的留给女儿。她下班回到家,听说有凉拌马齿苋,又惊又喜,咂嘴品味,直嚷嚷太少了,尝不出什么味道来。

尝了马齿苋,就想到菊花脑。 同样的美国水土,岂有长此不长彼的道理! 得找机会试它一试。

当溽暑热浪刚刚从峰巅降落,我们由公寓搬进了自己的新居。令我欣喜的是,前后院落拥有大片可试身手的处女地。

第二年初春,特地托人从南京捎来一包菊花脑种子。 为了提高保险系数,我把种子分成三份。 第一份,先撒在新宅朝南向阳的墙边。 天旱地干,不停地浇水侍弄。 过了一个月,竟不见一点动静。怕是真的应验了"白费力气"? 赶紧再把第二份种子撒在大花盆里,放在室内向阳的玻璃门边,每天留心观察。 大约过了十来天吧,花盆里出现了稀稀拉拉的绿色小点点。 啊,咱们的菊花脑冒芽了!

为了呵护好这些绿色小生命,我每天都用喷雾器轻轻给它们洒水,并注意调整好空调,让室内始终保持最适宜的温度。 过了一些日子,菊花脑舒展开了小小叶片,仿佛对这一新世界显示出热爱与认同。 看来,这些小生命可以无忧无虑地成长了,我便放心地将最后一份种子全部撒在朝北的墙边,与含苞待放的郁金香一起群居杂处。 过了不久,背阳处的菊花脑纷纷冒出了芽。 半个多月以后,待郁金香的花期一过,菊花脑便窜出好高一截。 一场春雨将向阳处的种子也全部催醒了,星星点点地从坚实的泥土中探出了头。 我将菊花脑的苗儿悉数移栽到新扩展的土地上。 每天,当先生拧开自动喷水开关，浇洒前后院草坪时，菊花脑也沾了光。一时间，它们长得绿油油、嫩汪汪，着实招人喜爱。

大约是6月初的一个周末，我们第一次收获了菊花脑。那真是一件令人难忘的快事。

我小心翼翼地采摘了一大捧菊花脑嫩尖，洗净，放进沸水锅中，氽成一大碗汤，只撒了点盐，浇了点麻油，一色是地道的南京做法，原汁原味。小女儿抢先尝了一口，动情地感叹道："哎，可爱的家乡菜啊，我好多年没有尝过你啦！如今感觉特新鲜，好像满口都是薄荷香味，清凉爽口极了！"

当火辣辣的盛夏骄阳将菊花脑茎叶晒得色转墨绿时，我和先生飞越太平洋回到了家乡南京。和女儿通越洋电话，首先便问菊花脑。女儿笑："菊花脑长疯了！我们吃都吃不及，总是送朋友。一位南京同乡专程开车来，挖了好多去栽种。美国邻居，有好多家都尝了菊花脑，他们都说'wonderful'（妙极了）！有的人家打算明年在园地里也种一些呢。"

虽然人在南京，心里总在牵挂着那些被带到大洋彼岸的绿色小生命。思忖着：菊花脑来年会长得更疯吧！它们先在美国邻居的园地里扎下根，然后逐渐繁衍到新大陆各地去。想象着有朝一日，南京菊花脑成为美国人餐桌上的美味佳肴，不知将是一副怎样的情景？

刊《扬子晚报》1997年11月21日

来自美国的劲团子姑娘

她普通极了,几乎可以淹没在"普通"里:矮小敦实的个头,长不及肩的黑发,略带稚气的脸上架着一副白色的眼镜,穿着T恤衫与短裤头,脚上一双显得忒笨重的旅游鞋,背上一个又大又沉的书包,随着上课铃声奔进"中国书画"课堂,像个怕迟到的中学生。说了声:"老师好",便把书包往地上一摔,"哗"——里面的东西滑落了一地。"对不起",她一边说一边俯身去收拾。我和洋学生都忍不住笑了。这是我第一次见到她。

她并不普通,今年二十岁的她,是美国名牌大学——普林斯顿大学的高材生,是我教过的洋学生中最具活力的一个"劲团子",干起事来快得像一阵风,热得像一团火。她得天独厚,前十年在中国,后十年在美国,兼受两种文化教育熏陶,在汉语班上便成为老美:"ABC"(America—born Chinese)与中国人联系的最佳纽带,成天忙上忙下地当"义工",为大家排难解困。

上第一堂课,小C就自告奋勇当了我的课堂小翻译,有了她,我不必费力地去汉译英了,我也不再担心洋学生对什么"骨法用笔"、"气韵生动"、"书画同源"这些专门术语听不懂,不理解了。只见她手口并用,一边写字画画,一边喊着"Guys"(伙计们),为我用英语向大家翻译解释中国书画的难点和要领。有了她，课堂上常常妙趣横生，荡漾出欢声笑语。有一次，M同学没来上课，我问什么原因，G同学答道"纳土其"。这个字音好生熟悉，我正琢磨这个"英语"单词是何含义时，小C笑起来说：老师您听懂了她说的中国话没有？——拉肚子。上帝，原来如此。直把我和同学们笑得前仰后合。小G知错就改，一边手执毛笔练习"永字八法"，一边不停念叨：拉—肚—子……打那以后，小G的汉语发音有了很大进步。

刚上了一周课，小C便对我说，她在美国整天像个陀螺转动不停，来中国后感到太空闲了，很不习惯，希望给她介绍做英语家教。我跟学校工会联系，说暂不需要，只好作罢。那知她自己很快与某翻译社联系上了，每周上两个晚上英语口语课，班上有三十多个学生，教的与学的都很带劲。每周一下午当我的课一结束，她就得在半小时内赶去教课，只见她在教室里慌慌忙忙啃面包饼干，喝矿泉水，然后背上大书包，跨上一辆旧自行车，飞也似的往鼓楼方向驶去。

有一次，我俩聊天，她娓娓讲述了自己的故事。

1986年她爸爸从上海赴美留学，一年半后，妈妈带她去美探亲。当时她刚十岁，只认得字母ABC，不会说一句英语，开始很困难，参加英语班学习，每天一个小时，班上有很多亚洲移民，都热心帮助她。以后她进了小学，从四年级下学期读起，到五年级毕业，那时她的英文已很好，不需要学英语课了。她说，"毕业时，请我发表演讲，题目是对美国黑人领袖马丁·路德·金演讲 I have a Dream

(《我有一个梦想》)的感想,我谈了马丁·路德·金对当时、对今天美国的影响。 我当时读的是公立学校,虽然英文不如一般美国同学,但我出身于知识分子家庭,在中国读了不少书,比他们成熟多了。 我不太清楚我为什么在小学不太努力,美国学校要求低,回家没功课做,我花很多时间看电视,上中学也如此。 说我是好学生,其实是矮子里拔将军罢了。"高中毕业后她以优异成绩进了普林斯顿大学电子计算机系。 高中毕业班共76人,5人被该校录取,但只有4人进去。 普林斯顿大学看她成绩好,家庭困难,便发给奖学金。免交一年二万元的学费。 生活费由自己解决,向学校或政府借钱,然后靠自己打工来偿还。 她说,"在大学里我学习很努力,不是与别人竞争,而是自己努力,争取得到好成绩。 普林斯顿大学校风很好,同学之间的关系不是互相竞争,去压倒对方,而是互相帮助,共同进步。"她打算毕业后先工作一段时间,再继续读博士。 她不太想做研究工作,很喜欢做人的工作,公关工作。"别人总说我很忙,很辛苦,其实我喜欢忙,只有忙,让自己过得充实饱满才有意义。我利用一切时间做自己喜欢的事情。 我爱看书,特别是小说,例如 The Jungle(《弱肉强食》)by Upton Sinclair(厄普顿·辛克莱)著,描写19世纪末欧洲移民如何在工厂的艰苦环境中受资本家剥削的情景,很受震动。 我还喜爱音乐、中文,这次我特别申请来中国学习汉语,因我感到学中文意义很重大,又很有趣。 现在美国人学习中文的愈来愈多,原来日文很热门,现在是中文成了热门,连学日文的美国人也改为中文了。""我这次回来学习,汉语进步很大,不仅是指写作、掌握的词汇量,而是指我亲身感受与了解了很多东西。在美国学习,没有感到需要去了解美国人,回来后不同,感到需要进一步了解中国的文化,弄清楚中国人为什么要做某件事。回来后亲眼看到中国经济飞速发展,人们生活质量大大提高,这是在国外了解不到的。"

汉语班尚未结束,小C又准备去闯新的世界了。她从电脑网络等媒体上获知各国招聘人才的信息,经过挑选与角逐,应聘在暑假中去英国一家电脑公司工作三个月。普林斯顿大学学生每逢暑假都要到外面工作的,当秘书,打字,从事饭店服务等。小C他们电脑专业学生自不待言更容易找到合适的工作。当汉语班的美国学生还未开始收拾行装,小C已提前两天飞走,去开始她新的人生搏击了。

暑假中,我欣喜地接到她寄自英国剑桥大学的信。她用恭恭正正的汉字写道:

> 我的老板是一个工作狂人。他常常早上九点钟到,晚上九点钟才走。他从香港来到剑桥读博士,学位拿到以后留在英国工作。我们公司规模不大,只有30几个研究人员。
>
> 有一件使我惊讶的事,在我们公司里没有一个女工程师,除了接电话的人和秘书,跟我一起工作的人都是男的。我知道读工科的女孩子不多,可是在美国公司里总会有女工程师的。

小小的她风风火火闯世界的"劲团子"形象又浮现在眼前。我看到了中西方优秀文化在小C身上撞击的火花:自信自强,质朴无华，以苦为乐，一往无前。她会成材的，我坚信。不久的将来，美国新一代移民中将绽放出无数美丽的花朵，她将是其中璀璨的一朵。

刊《莫愁》1998 年 11 月号

解读青春

第一次，在课堂上见到她，以为她是美国学生的领队，哪知这位年已半百，有着四个儿女、一个孙子的妈妈、奶奶，竟是在读的美国俄勒冈州波特兰大学国际商学院研究生、汉语言文学专业大学生。 顿时肃然。

像她这样，研读商学硕士已不容易了，哪有时间精力来开辟汉语这个艰难的新领域！ 仿佛洞察到我的疑虑，她说她早已迷上了汉语，已学了两年，老师是美国人，曾翻译过不少中国文学名著，她跟他从《诗经》、《楚辞》一直读到《红楼梦》。 她第一个崇拜的大诗人就是屈原，读《离骚》时，心灵受到极大的震撼。 她特别喜爱中国古诗，它像一幅图画，包含很多意义，完美极了。 说着背起了李白的《静夜思》。 谈到司马迁《史记》、唐宋八大家、《红楼梦》，她历历如数家珍，说金陵十二钗的命运写得真好，曹雪芹站在一特定角度，对书中人物命运从头到尾作完整描述，对人物内心活动刻画得深刻细腻，她很欣赏这种写法。 她说读商学硕士并不吃力，同时选学汉语是可行的。 她丈夫是电脑调试工程师，四个儿女都已独立生活，全家都支持她读研、学汉语、来中国。 她再学一年半汉语，就可毕业，商学硕士与汉语学士一起拿到，然后寻找机会来中国工作。这是她最大的心愿。

她给我一张自己设计的名片,一半是姓名住址电话,一半是青山白云衬托的古诗:"水无心而宛转,山有色而环围,穷幽深而不尽,坐石上以忘归。"她说山水旅游是她最爱的,她特意画了山石云彩,抄了这首古诗。她很崇敬王安石,一到南京就兴冲冲去半山园寻访荆公故居,可门卫不准她进,真遗憾啊。

她酷爱中国书画,上课总是第一个到,最后一个走,如饥似渴,好学善问。她一丝不苟地临帖摹写横竖捺提点钩折,央我用篆书写出她的中文名字,又特地去买了《六体书法字典》,每天摹写,爱不释手。她喜欢画竹,说美国也有各种竹子,曾看到一幅折竹图,觉得很有意思。我说竹子喻示劲节,图的意思是"宁折不弯"。她赶忙记下,说中国成语真了不起,言简意赅,这四个字用英语就得一大段:You can break my bones, but you can not break my spirit and I will not bend to your will. 她对中国传统文化的痴迷、膜拜,令我愕然。

她身心充溢活力,勇于追求新鲜事物。在一个多月的学习班结束后,她将只身去踏访心仪已久的中国文化古迹与风景名胜。她对人更是充满爱心。来南京后,从电视上看到中国遭受特大洪灾,连孩子都掏出积攒的硬币捐给灾民,她很感动,立即捐了200元。在外国留学生中,她是最早募捐的,南京电视台曾作报道。提及此事,她淡然一笑,说中国人对她很友好,她做这一点小事不值一提。她太喜欢中国了,明年夏天,她争取带小女儿一起来。临行时她说。

跟她告别时，想起西谚云：人生四十才开始。她却是半百之年才起步。从她身上我读懂了：只要你怀着不泯的童心，乐观进取，去追求人生的理想，你就可永葆生命之泉的清澈常新，因为青春是一种不随岁月流逝的永恒存在。

刊《扬子晚报》1999年1月14日

诗歌

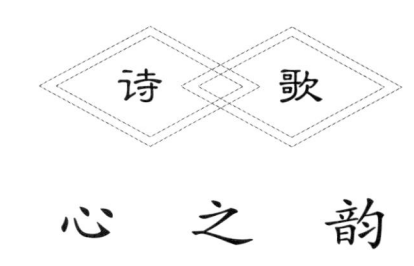

心之韵

川行五绝句

一、薛涛井

万里桥边古井深,①
波澜潋滟照诗魂。
松花彩笺薛涛制,②
文苑风流直到今。

① 薛涛井故址在今四川成都锦江万里桥南岸百花潭上,水极清冽。
② 传唐代女诗人薛涛在此井汲水制松花纸及深红小彩笺,时号薛涛笺。

二、渣滓洞感赋

七尺男儿能舍己,
千秋雄鬼不还家。
我来牢洞聆诗教,
雷火浇开热血花。

三、夜登枇杷山

俯瞰星星撒满川，

山城奇景不虚传。

杷山高过重霄九，

一夜登临恍作仙。

四、山城待渡

嘉陵汩汩奔流急，

待渡江干日胜年。

但愿狂风知我意，

一时吹向秣陵天。

五、过三峡

白帝插天入夔门，

奇山险水撼心魂。

便得太白生花笔，

难写高江急峡神。

1979 年 5 月— 6 月

赠老谭[①]

廿年风雨恨无涯，

春暖神州访友家。

蜀水巴山鹏飞举，

感君霜鬓恰韶华。

1979年6月

① 谭优学，中共地下党员，39岁时立雪胡小石教授门下为副博士研究生，笃学敦行，余同门师兄也。"文革"期间遭不公正之审查，后平反。时为重庆西南师范大学教授。1979年春余去渝时访老谭于家中，蒙盛情接待。暌别已二十年矣。

为阮荣春君国画《晨雾初开》题咏①

晨雾初开万木姣,

奇葩异彩任君描。

扶摇仙鹤排空上,

要取明珠在碧霄。②

1979年12月7日

① 阮荣春,时在南京大学党委宣传部工作,后去南京艺术学院从教,任副院长。画艺日进,成绩斐然。

② 徐迟云:"陈景润一生清白。……白得象一只仙鹤。""哥德巴赫猜想,则是皇冠上的明珠。"

逢兰妹忌日，庭前花开，悽然感怀

一岁花开一断肠，

五春隔绝音茫茫。①

亲人不在花常在，

伴我今生有蕙芳。

1980 年 5 月 15 日

① 妹翠兰，1975 年 5 月 15 日遭车祸因公殉职，今已五年矣。

观电视片《琵琶行》感赋

一曲琵琶诉真情,
沦落天涯遇知音。
千古重闻犹掩泣,
感人最至是琴心。

1980年6月26日

千里诗草二十五首

1981年5月11日—7月7日,余衔命入闱,为高考出题,语文组诸君来自天、南、海、北、云、汉①,同是"自投罗网人",相逢何必曾相识? 历时两月,行程迢迢,北京→合肥→九华山→黄山→芜湖,朝夕共处,肝胆相照,情同手足。 诸君才思敏捷,海阔天空,自称"京西狂客",千里携游,探奇揽胜于绝美之境,兴酣淋漓,往往诱于一景一物、一人一事,情发于中,迭吟递唱,不绝于途。 每有新作,竞相把玩,或击节赞赏,或妙语讥评,然"童言无忌",妍蚩好恶,顷刻化为粲然一笑。 诸君襟怀坦荡,以文结友,以诗印心,毋乃人生一大乐事乎!

诸君大作,诗骚高风,李杜雅韵,余附骥于后,有感则记,涂成小诗若干首,遑论风雅,唯期薄具"油盐酱醋"之味。 自郐以下,无讥焉耳。 今不揣浅陋抄录于次,求教于诸师长,且以代千里游记一夕之话也。

1981年7月9日记于火炉南京

① 天:天津南开大学中文系张清常,语文组组长;南:南京大学中文系吴翠芬,副组长;海:上海复旦大学中文系孙锡信、上海师范学院中文系何以

聪;北:北京人民教育出版社中学语文编辑室黄光硕;云:云南昆明师专语文组李亚丹;汉:武汉华中师范学院中文系李旭初。

京丰宾馆即事

京丰四面绝音尘,
沥血呕心黔技贫。
梦笔生花剪烛夜,
笑谈沦落天涯人。①

1981 年 5 月 26 日,北京

① 原试题中有"同是天涯沦落人"诗句,审题时被删除。

卢沟桥感赋步何以聪老师韵(二首)

一

血雨腥风忆旧年,
卢沟晓月照山川。
中华崛起一何似?
振鬣雄师立目前。

二

功罪千秋系一桥，

犹闻抗敌马萧萧。

卢沟炮火惊天地，

爱国之花永不凋。

1981 年 6 月 1 日，北京

附：何以聪《卢沟桥口占》（二首）

一

神往名桥五十年，

雄狮大鬣领山川。

今来簪笔秋风里，

晓月卢沟万马前。

二

兴替千秋萦一桥，

风萧萧与马萧萧。

凭栏多少烟云过，

劲节中华看后凋。

赠张清常师暨京西诸师友

良师益友再难逢，

暮暮朝朝甘苦同。

日解金龟情无限，[①]

诗心相印化长虹。

1981年6月1日，北京

① 张师每日慷慨解囊购果品饷组员。

故宫写怀（二首）

一、六宫

玉砌雕栏映斜晖，

哀弦伴我过宫闱。

上阳白发人安在？

何处悠悠闻泣欷。

二、珍妃井

寸草不生千古冤，

萧萧井畔吊芳魂。

当年泣血瀛台处，

许有合欢连理根。

1981年6月7日，北京

赠京丰宾馆全体工作同志①

新楼新风扑面来，

宾馆处处惬人怀。

草草数语难尽意，

五讲四美花盛开。

1981年6月7日，北京

① 高考命题结束后，教育部要我写一感谢信给京丰宾馆全体工作同志，这是感谢信末附的一首小诗。

赠同游同乡友人锡信同志

稻香楼里赖扶助，①

滴滴清茗洗客愁。

我寄乡心信有日，

扬子江畔望归舟。

1981年6月11日，合肥

① 余在稻香楼不慎摔跤，赖锡信诸师友扶助，有惊无险。

戏答李亚丹先生

一路春风来肥城，

稻香楼前偶跌顿。

扶我助我有师友，

京丰岁月情谊深。

谢薛才情我愧无，

打油一首奉送君。

我非老马何来"蹄"？

亚丹理应吃"鸭旦"

1981 年 6 月 12 日，合肥

附：李亚丹《戏赠女秀才吴翠芬先生》

京华相逢岂偶然，

以文会友亦奇缘。

急才敢夸谢家女，

丽词犹似薛涛笺。

曾记猜谜共笑乐，

还忆分糖论后先。

可怜黄忠马失蹄，

一跤摔坏半边天。

九华山揽胜(三首)

一

辞别京华上九华,

莲花佛国觅烟霞。

竞攀险境摘奇秀,

狂客归来漫自夸。

二

七贤携手上高峰,

瞻仰金身百寿宫。

迎客松前留影处,

山花敬献老英雄。①

---

① 张清常师以六十六岁高龄登上高峰。

三

朝登峰顶暮棋盘,

险景搜穷意未阑。

戏把怪石比离鸟,①

争尝山果味甜酸。

1981年6月14日,九华山

① 棋盘石远看恰似一鸳鸯。

观九华山寺庵感赋

半是人间半佛国，

木鱼伴奏电琴歌。

纵无烦恼千丝缕，

难息红尘爱恨波。

1981年6月21日，九华山

九华山月

寂寂长空精魄荡，

依依窗口化诗情。

曾经人世风和雨，

始觉山间月更明。

1981年6月21日，九华山

黄山烟雨

霞蔚云蒸山色奇，

人间仙境幻迷离。

一生好景君须记，

最是黄山烟雨时。

1981年6月23日，黄山

玉屏杂咏

夜宿玉屏惊梦早，

误将灯火作阳光。

茫茫雾夜乱涂画，

佳话频添笑我狂。

1981 年 6 月 29 日，黄山

大雾中登黄山莲花峰

莲花突兀傲苍穹，

天海奇观造化功。

一掬香砂偕雾笑[①]，

蕊香伴我下葱茏。

1981 年 6 月 29 日，黄山

---

① 香砂井位于莲花峰顶。

登黄山皮篷

仙人指路驾石舫,①

绝壁攀援礼雪庄。

惊叫奇峰泼墨画,

回眸见伊立穹苍。

1981年6月29日,黄山

① 皮篷又名石舫。

登皮篷怀雪庄禅师①

我来皮篷上,悠悠钦英风。 壮哉雪庄僧,禅心黄山同。 荣华如敝屣,画艺独尊崇。 墨浪泼苍崖,砚雨洒青松。 人品即画品,锵锵振金钟②。 叹息此人去,萧条篷塔空。 可庆造化神,独育丹青功,遗墨今如在:三十六奇峰③。

1981年7月1日,黄山

① 雪庄禅师,清楚州(今江苏省淮安市)人,幽居皮篷三十年,作黄山图四十二帧,并绘山中奇花一百二十种。清圣祖玄烨诏见于京都,雪庄拒受荣华富贵,还山以终。后人修雪庄禅师塔以资纪念。现皮篷与塔俱毁,遗址犹存。

② 金钟,皮篷又名。

③ 黄山有名的三十六小峰即环绕在皮篷四周,宛如画幅。

赠何以聪老师

诗伯博雅且痴狂,

字字飞鸣织华章。

安得借君玲珑笔,

冥顽点化吐清芳。

1981 年 7 月 1 日,黄山

再赠何以聪老师

感君作伴上天台,

喜有泉飞葵盛开。

照胆殿中聆丽句[①],

诗情一路化潮来。

1981 年 7 月 3 日,黄山

① 附:何以聪《陪吴翠芬老师再上小天台》

曾是墨龙泼雨来,

相携再上小天台。

感君独具神奇力,

城府千重一笑开。

黄山纪游

相逢岂夙因？ 擢才聚京华。
何必曾相识？ 相知情更佳。
两月灯影夜，辩难笑语哗。
一样肝胆怀，唯期笔生花。
以文结良友，作伴访烟霞。
迭吟复递唱，千里豪气加。

黄山梦中山，一见喜欲癫。
多情黄山雨，迎我舞罗衫。
奇峰幻迷离，缥缈玉生烟。
头枕桃花溪，手浣百丈泉。
仰观人字瀑，侧听水鸣弦。
指点刘海石，放眼汤岭关。
云门与云际，半空翔凤鸾。
行囊不及解，拄竿奔山巅。
山风栉我发，雾雨沐我面，
秀色充饥肠， 探奇不觉远。

"神锋"飞毛腿①， 逢路先开探。
见险即逞强， 仗义保伙伴。
"诗伯"好向导②， 边走边指点。

博雅狂浪士，口叼一支烟。

"行者"金睛明③，巨细无不烦。

临险不舒服，忍疼踬死渊。

吴某玩心重④，寻景必抢先，

一路屡跌顿，佳话频频添。

老李随大流⑤，平和又清闲。

日久掏真心，时时吐狂言。

老黄最凝重⑥，端居如坐禅。

近狂染狂气，裹胁也心甘。

嗟我六狂客，狂游黄山巅。

暮宿玉屏楼，朝奔北海园。

三日掠绝胜，热汗未始乾。

一过鲫鱼背，遨游天都峰。

心随长风去，引手攀仙宫。

登峰且造极，惊呼造化功。

二汲香砂井，采秀莲花峰。

玉炉出奇花，天海撑青穹。

惜哉白茫茫，餐雾浴天风。

三攀皮篷顶，谒拜雪庄翁。

万壑幽邃处，兀立一金钟。

环峰神笔挥，幅幅是画宗。

行行重行行，登攀复登攀，

山风呼呼烈，雾海何漫漫。

　　湖海六狂客，揽胜不畏艰。

　　无险不亲历，无奇不亲探。

　　黄山三主峰，峰峰踏顶巅。

　　黄山三险境，处处凯歌还。

　　"无险则不奇"，悟此当勇攀。

1981年7月3日，黄山

① 神锋：李旭初，每登山涉险必打先锋。

② 诗伯：何以聪，这是他第二次登黄山。

③ 行者：孙锡信。

④ 吴某：吴翠芬。

⑤ 老李：李亚丹。

⑥ 老黄：黄光硕。

芜湖铁山宾馆即事

　　濯罢天池照镜湖，

　　忽闻归棹急相呼。

　　赭山落日溶江水[①]，

　　借问来年记也否？

1981年7月5日，芜湖

① 饭后偕亚丹、锡信登赭山观落日。

别诗一首赠同游师友

镜湖连沧溟，铁山离思满。

悽悽违良朋，迢迢挂席帆。

归棹云汉客，同趋金陵贤。

天南海北去，相期在何年？

1981 年 7 月 6 日，芜湖

附：何以聪《赠吴翠芬老师》

漱玉词中传妙笔，

刘和珍后见鹰扬。

他年玄武湖心聚，

万顷醋波万石糖。

再赠孙锡信同志

京师楼上乍相见，

千里同游始识君。

神锐聪颖师辈赞，

涵蕴精细友朋论。

拜经台顶笑匍伏，

迎客松前衔救恩。①

　　何当烟消丽日见，

　　飞鸿岁岁递珍文。

1981 年 7 月 6 日，芜湖

① 余在迎客松拍照时险失足坠崖，幸锡信扶助。

长安杂咏六首

一、贺唐代文学学会成立

终南晴翠映秦城，

高会群才渭水滨。

诗涌笔花飞学海，

唐音嗣响有来人。

二、登乾陵顶峰

梁山顶上望秦川，

千古风烟起眼前。

没字巨碑巍然立，

评量功过有今贤。

三、登骊山

沐罢华清上骊山，

烟云深处望长安。

归来小憩飞霞阁，

笑我偷闲学少年。

四、访兴庆宫遗址

南内依稀花似锦，

交加风雨独来寻。

沉香亭上闻铃响，

疑是杨妃舞步音。

五、赠杨、邓二君[①]

与君同绕曲江头，

竟日五陵逐胜游。

搜地斡天情不尽，

他年魂梦忆秦州。

---

① 杨慧文、邓魁英二教授。

六、别长安

秦俑汉陵唐殿阙,

帝乡处处涌诗情。

未成丽句归帆去,

别梦犹闻渭水声。

1982 年 5 月

送许胜君归国[1]

异国萍逢瞬别离,

人生何处再相期?

一席家宴君须记,

共话"巴山夜雨"时。

1983 年 2 月 22 日

[1] 许胜,北京人,来美国内布拉斯加大学计算机系做访问学者,学成归国。许君与余比邻而居,相处甚洽。

贺《耕耘》诞辰五周年[①]

南国五载乐耕耘，

喜看春苗簇簇新。

为育梁材营大厦，

愿倾血汗化甘霖。

1984 年 12 月 13 日

[①]《耕耘》为南京大学中文系学生自办刊物。

六十初度

莫说春梦了无痕，
火样韶华赤子心。
一扇芳馨情若海，
此生此夜永怀欣。

1993年1月12日夜

小女海若二十七岁生日寄意①

  鲁冰花，在天涯，
  疾风吹，狂浪打。
  泪光闪闪牙咬紧，
  扎根异土冒茁芽。
  待到来日花满坡，
  一代更比一代佳。
  爸妈的心啊鲁冰花，
  快飞来，快回家，
  今夏团聚多欢洽！

1993 年 3 月 29 日

① 余六十初度时，女儿海若从美国托友人于南京电台点了一曲《鲁冰花》寄情。3 月 29 日海若二十七岁生日时，余亦仿《鲁冰花》曲词作小诗寄意。

附:《鲁冰花》　　姚谦词　　陈扬曲

夜夜想起妈妈的话,

闪闪的泪光鲁冰花。

天上的星星不说话,

地上的娃娃想妈妈。

天上的眼睛眨呀眨,

妈妈的心啊鲁冰花。

家乡的茶园开满花,

妈妈的心肝在天涯,

夜夜想起妈妈的话,

闪闪的泪光鲁冰花。

颂国庆

大江南北彩云飞，

长城内外歌声沸。

五十华诞庆盛典，

百年沧桑迎朝晖。

昔拥雄师过天堑，

今揽精英共夺魁。

三代领导指航向，

九州英豪振国威。

1999年10月1日

庆澳门回归[①]

把酒长空迎归燕，

菡萏花共紫荆红。

百年耻雪全瓯固，

更创煌煌世纪功。

1999 年 12 月 20 日

① 刊《南京大学报》1999 年第 25 期，总 737 期。

贺《醉翁亭记研究》研讨会召开[①]

佳木繁阴会醉亭,
求实求真探文心。
旷世美文无穷乐,
代代新意代代新。

2001 年 5 月 19 日

① 参加滁州市主办《醉翁亭记研究》研讨会的贺诗。

丙戌春贺爱女海若贤婿丁淦华诞

莺飞草长江南春，

烂漫繁花照眼明。

遍采郁金当杯盏，

满斟美酒庆华辰。

一贺爱女不惑岁，

二贺贤婿跃新任。

家庭事业皆出采，

只盼小驹化龙骏。

心语字字望记取：

健康身体天地根。

夫妻本是同命鸟，

爱深责切更倾心。

常执一二弃八九[①],

心灵坦荡看行云。

2006年3月15日

① 俗语云:人生不如意事十之八九,要常想一二,不思八九。于右任作联云:"不思八九,常想一二。"横批:"如意"。

爱女火青本命年感赋

喜闻电波来天外，
蜻蜓飞上大拱门。①
吾家代有才女出，
又越天堑接力行。
教女有方母劬劳，
呕心沥血夙夜勤。
放飞之后日脚长，
巧作安排百趣生。
本命之年望珍重。
身心康乐最当紧。
放眼人生多绚烂，
且与夫婿细细品。

2006 年 3 月 23 日

① 2006 年年初，外孙女陈心庭为美国名校圣·路易斯华威顿大学录取，并获得奖学金。大拱门为圣·路易斯市的标志性建筑。蜻蜓系南外同学对陈心庭的爱称，心庭谐音蜻蜓。

游宾州 Wellsboro 枫林①

赤橙黄绿绽奇葩，
原是枫林燃山崖。
醉人秋色何须多，
勾起乡情忆栖霞。②

2006 年 9 月

① 2006 年 9 月，女婿女儿外孙一家，偕余和老伴及外孙女庭庭，共游美国宾州名胜 Wellsboro 枫林。

② 故乡南京栖霞山，秋天满山枫叶如丹，闻名遐迩。

楹联

俪音共振

贺 联

贺日本名古屋学院大学百年校庆

看四时晴岚风雨,满园桃李,夺人间丽色;
历百载毓秀钟灵,一代栋梁,冠日月华光。

1987 年 9 月 9 日

(注)为南京大学撰联。

贺唐敖庆教授从教五十年

江海文章,华嵩品格;
学苑师表,科界楷模。

1990 年 6 月

(注)为南京大学撰联。

贺瑞蕻师八十华诞[①]

人瑞；

诗蕻。

1995 年 11 月 28 日

[①] "瑞"为吉祥征兆，"蕻"意为茂盛，又指蔬菜，即雪里蕻，俗称"雪里红"，也称"春不老"。雪深诸菜冻损，此菜独盛，故名。"人瑞——诗蕻"，取回文诗意，即"瑞蕻诗人"、"诗人瑞蕻"也。

（注）赵瑞蕻先生，南京大学中文系教授，著名诗人，翻译家，余授业师也。

贺台湾"中央大学"校庆

树德树人，杞梓长才同化育；

允文允理，科研至道共追攀。

1996 年 5 月

（注）为南京大学撰联。台湾"中央大学"1962 年 6 月 4 日建校。

题松尾三郎纪念馆

信息社会前驱，功铭百代，科苑仰北斗；

人才工程先觉，誉满五洲，学府怀明师。

1998 年 10 月 3 日

（注）为南京大学撰联。

挽　联

挽叶南薰先生①

名在千秋，南雍同悼；

神归一夕，薰风永存。

1985 年 2 月 14 日

① 南薰：唐邨载诗："和风媚东郊，时物滋南薰。"南薰，煦育也。

（注）为南京大学数学系撰联。叶南薰先生，南京大学数学系名教授，先后任数学系、计算机系系主任。

悼念郭影秋校长

一身正气，两袖清风，马列灵前应无憾；

三寸丹心，百磨筋骨，世人眼底自成碑。

1985 年 11 月

（注）为前南京大学中文系总支书记徐慧征同志撰联。

挽张月超先生

引四海清泉,灌文学苑囿,事业已归前辈录;

倾一腔热血,浇教育园林,典型留与后人看。

1989 年 4 月 6 日

(注)为南京大学中文系撰联。张月超先生时为南京大学中文系外国文学教授,培养研究生多名。

挽刘蔚云先生

无我无私,良操美德传梓里;

凡人凡事,亮节高风照后人。

1990 年 5 月 8 日

(注)刘蔚云先生,原金陵大学老职工,1952 年院系调整后为南京大学中文系教务员,几十年如一日,以系为家,工作勤勉负责,乐于助人,曾获得学校褒奖,深受全系师生的敬重。

悼文志南挚友

家务各门庭，与汝平生相濡沫；

交情同骨肉，俾予后死独伤悲。

1991 年 1 月 9 日

（注）代母亲撰联。文志南伯母为母亲挚友，其女儿亦余同班好友。

挽纵汉民同志

驰疆场，奠千秋基业，音容犹在；

浇园林，育一代新人，风范长存。

1992 年 2 月 1 日

（注）为友人、南京大学哲学系王友三教授撰联。纵汉民同志，安徽萧县人，1926 年参加革命，后参加新四军，领导和创建了豫苏皖边区根据地，任边区专员公署领导。新中国成立后转教育岗位，先后担任南京师范学院、南京艺术学院领导。现萧县纵老的墓园就采用了这副对联。

挽吴白匋先生

华翰犹存,艺苑仰北斗;
弦歌忽绝,绛帐失明师。

1992 年 8 月 28 日

(注)为南京大学中文系撰联。吴白匋先生,南京大学中文系教授,曾任南京市文化局局长,剧作家、诗人、文物鉴赏家。

悼李黎姐丈

一生献丹诚,入党六十九年,铁骨铮铮,已有丰功垂史册;
九天无遗恨,沉冤二十六载,白雪昭昭,犹存大节勖人民。

1999 年 6 月 10 日

(注)李黎同志,上海纱厂工人,1925 年入党。1927 年党组织派往苏联莫斯科中山大学及国际列宁学院学习。1931 年回国,在上海从事地下工作。1937 年参加新四军,从事保卫工作。新中国成立后任安徽省淮南市副市长兼公安局长,1953 年新三反运动中遭诬陷被开除党籍,降级使用。"文革"后平反,先后担任安徽省轻工业厅、纺织厅副厅长。

自为墓碑联

今生今世情未了；

来生来世未了情。

横批：生死相依。

2009 年 4 月

（注）患癌症后，和老伴共同拟的墓碑联。

春联(二副)

有天皆丽日；

无地不春风。

1996年1月11日

九州升平辞旧岁；

三阳开泰迎新春。

1996年1月11日

（注）二联为南京大学九三学社撰联。

杂咏联

游淮安市为淮安宾馆书联

承恩故里,佳肴快众口;
总理家乡,遗爱暖人心。

1985 年 3 月 4 日

点评潘力生成应求伉俪《诗联千套》

罗络中外,千朵奇葩,诗联酬唱喧众口;
低昂古今,八秩嘉偶,琴瑟和鸣撼人心。

1992 年 8 月 16 日

(注)潘力生、成应求伉俪,美籍华裔诗人,赠余大作《诗联千套》,邀余点评。二老楹联精工雅切,诗词清新俊逸,格调高,品位正,诚珠联璧合也。

伫立郭影秋校长塑像前口占嵌字联

青松翠竹长随影；
一代学人永忆秋。

2009 年 8 月 19 日

参加兴化市纪念"中央调查组关于施耐庵文物史料调查 60 周年"暨"《〈水浒传〉作者施耐庵文物史料考察报告》30 周年"座谈会书联

胸中海岳，施公伟业千秋在；
笔下风雷，水浒英雄万口传。

2012 年 4 月 28 日

（注）座谈会系江苏省社会科学院、江苏省明清小说研究会、兴化市人民政府联合主办。

征 联

题常州梳篦厂

梳到古今丝丝润；
篦邀中外缕缕香。

1985 年 2 月

（注）获江苏省电台征联二等奖。

题丹凤街劳动服务公司

无才不用，英雄来六路；
有鸟皆鸣，丹凤奏八音。

1985 年 2 月

（注）获《南京日报》文艺部征联一等奖。

为天下第一奇书《金瓶梅》征联作(绝对)

奇天下,天下奇,天下奇书奇天下;(出联)

绝古今,古今绝,古今绝唱绝古今。(对联)

1991 年 8 月 16 日

(注)1991 年 7 月 3 日《文汇报》第 6 版载:山东临清市《金瓶梅》征联组拟出"奇天下,天下奇,天下奇书奇天下"上联,有奖征集下联。余 8 月 16 日拟好下联寄出,获优秀奖。

附 录

永恒的怀念

此情只待成追忆

——忆爱妻

王立兴

我和爱妻吴翠芬小时候住在蚌埠相邻的两条小街上，当时我俩都在崇正中学初一班读书，她在女生部，我在男生部，上学放学时总能隔三岔五地碰到，碰到后也只是相视而过，从未搭过话，但双方的面孔已经熟悉了。这年春天的一个下午，我们一群男孩子正在淮河大堤上嬉戏，忽然从堤下面传来一群女孩子悠扬悦耳的歌声，并有口琴伴奏，原来这是音乐老师刚刚教的托西尼小夜曲。我们循着歌声直奔大堤下，只见这群女孩子拥在一起，边唱边跳，而吹口琴的正是翠芬。我们在一旁拍手叫好，只见她瞪大眼睛，要我们走开，不要捣乱。我们更得意了，就围着她们起哄，她们也无可奈何。这之后我们算是熟悉了，碰到时总是相视一笑，但还不好意思搭话。直到蚌埠解放后，崇正中学男女合校，我们都进入高中部，不久都加入了团组织，成为学校第一批团员。随后她当选学生会主席，我成为团干部，大家在一个支部里，接触的机会就多了起来。当时只知道她作文好，绘画好，口才好。再进一步接触，发现她和一般女同学不一样，不矜持，不娇气，坦诚大方，秀外慧中，充满阳光，对这样的女孩子我打从心里欣赏。也是机缘巧合，抗美援朝时，我俩都报考了军干校，体检已通过。这时市委学工部部长亲自找我俩谈话，说学生干部不能都去参军，组织上决定将你们留下，把团和学生会的工作做好。这样我们接触的机会更多了。面对当时教会学校复杂的斗争形势，两年来我们总是相互商量，默契配合，完成了组织上交给的任务。到了高中毕业时，我们由相识、相知、相惜到相爱，已经是顺理成章的事，捅破了薄薄的这层窗户纸，就自然地走到了一起。双方表明心迹的又一天傍晚，我们坐在淮河大堤上，她握着我的手说：你可曾想过，谈恋爱是要结婚、组成家庭、生儿育女的，双方都要有责任心才行。因为年轻我确实还未想过，算是开了蒙。考入南京大学中文系后，我俩从未显露自己的学生干部身份，决心认真读书学习，弥补中学时的一些损失。四年来我们相互切磋，相互督促，学业优异。大学毕业前夕，我们同一天入了党，同时留校，她做了研究生，我当了助教。一年后我们结了婚，从此两个人的生命融为一体。我们同甘苦，共休戚，相互扶持，相濡以沫，彼此爱对方胜于爱自己，而且历久弥新，愈老愈笃。这样甜美、幸福地度过了六十多个春秋。

回顾翠芬的一生，经历了两次大的人生转折。一次是1949年家乡的解放。她曾满怀深情地对孩子们说：如果没有党的解放，我不知会成为什么样的人。是做某一个资本家或地主的小媳妇，还是做在底层挣扎营生的小市民，很难想象会成为一名大学的人民教师。另一次是1982年的出国讲学。她说：受惠于邓小平的改革开放政策，我一个初中英语水平的人，经过努力，跨出了国门，不辱使命。并由此看到了一个鲜活生动的世界，开阔了眼界和心胸，坚定了自己信守的方向。这两次转折，改变了她的人生轨迹，也筑铸了她生命的底色。

翠芬是性情中人。她喜清恶浊,笃正疾邪,感情率真。她对"文革"中的倒行逆施极为反感,在二三挚友处,说林彪小眼阴森,手摇小红书跟在老人家后面,不怀好心;说一听江青阴阳怪气的讲话就恶心,叹息老人家昏了头了。对早请示、晚回报、跳忠字舞,她特别抵触,说完全是封建的一套,太丑了。她借口小女儿才周岁,始终不愿参加。对此,芳邻们也都理解。当南京掀起炮打张春桥的大字报时,她走上街头看同学们贴大字报,兴奋地对学生说:希望在你们身上。当粉碎"四人帮"的消息传来时,她和两个女儿高兴地在地板上打滚欢叫。想到"文革"动乱搅得民不聊生,个人也蹉跎了十年最美好的时光,一旦扫除妖氛,拨云见日,怎不令人"喜欲狂"[①]呢。

翠芬一生淡泊名利,率性而为,凭借自己的兴趣爱好来实现人生价值。从初中起,文学和绘画就成了她的两个兴趣点,从此乐此不疲。大学时,她选择了底蕴厚重的中国古代文学作为自己的专业方向,并成为一名古代文学教学的耕耘者,终此一生。按照自己的个性秉赋,在文学方面,她偏向于文学本体的研读,对综观、宏观的文学研究则着力较少;在国画方面,她喜欢写意,不喜工笔;书法方面,她喜欢米、黄,不喜颜体。其实比起文学来,她更钟情于书法绘画,只是由于本职工作的羁绊和责任感,她只能挤出业余时间挥书作画,一旦投入,就达到忘我的境界。而书画也是她排解烦恼的最好良药,遇到不顺心的事,她只要展开画纸,画几幅小画,或看几页米南宫的字书,一切不快都烟消云散了。她说:我是米粉,读米南宫的字书，每一个字都是一种美的享受。因为我力挺她书画，她极为感激，调侃我是她的芬（粉）丝。"宿世教书匠，前身应画师。"她套用王维的诗句[②]，传达了她的心声，可见她对绘画爱好之深。正因为把自己的生活和文学、书画黏附在一起，她对名位看得很淡。1983年从美国讲学回校后，教育部和南大都先后物色到她，想让她走上领导岗位，担任一定的行政工作，但她都婉言谢绝了。她说：我散漫惯了，一旦套上笼头，就身不由己，不自由了。我只想做一个普普通通的教师，把书教好，干自己喜欢的事，此生足矣。"人生快事莫如趣。"（林语堂）一个人，如果一生坚守自己的兴趣，为兴趣而生，无论成就大小，她的一生是快乐的、幸福的。

作为一名职业妇女，既要做好职场工作，又要做女儿、做妻子、做母亲、做外婆，要想在事业上做出一点成绩，要比男性付出更艰辛的努力。而翠芬在各种角色互换中却做得至善至美。她除了较好地完成本职工作外，作为家庭主妇，她对上颐养孝敬母亲和公婆；对孩子既疼爱有加又严格要求，时时关注她们智商、情商和身心健康；对我的关爱更是无时不在，为了减轻我的负担，她把家中内外事务都包揽在身，任劳任怨，甘之如饴。她以自己的情爱，以自己的智慧和辛劳，营造了一个温馨、安谧的家庭港湾。

令我刻骨铭心的是，1958年大跃进时，我因积劳成疾突发大吐血，经检查已是空洞型肺结核，住院整整一年，因参加工作不久，工资一下子扣除了很多。我因住院，并不知情。当时我们第一个女儿才一岁多，需要呵护和营养；我的病也急需治疗和营养补充，还要一如既往地每月给公婆寄生活费，报平安。面对如此巨大的压力，她除了完成系里交下的繁重的首次讲授魏晋南北朝文学史的教学任务外，设法开源节流，主动接受了鼓楼区夜大学的教学任务，每周两个晚上去讲授中国古代文学，还先后写了四五篇稿件，发表在《江海学刊》、《雨花》等刊物上，获取微薄的酬劳，以填补家用。为此她整日在阁子楼上备课写稿，常常工作到凌晨甚至五更天，有时连一口干馒头也不吃，一口水也忘记喝。她和母亲过着清苦的节衣缩食生活，患上贫血和严重的胃病也无暇去医疗。记得她上文学史课时，一位细心的女同学悄悄问她：老师，你每次上课怎么都穿这一件衣服。问得她很不好意思，回来告诉母亲，母亲说，这个月不买蜂窝煤了，我去院子里捡柴火烧。就这样一个月省下几块钱，买了几尺布，由母亲亲自为她缝制了一件新衣。为了让我尽快康复，她更是费尽心力，每周都抽出时间去医院探望我，给我送来丰盛的食品和营养品，并以乐观的、轻松的语气鼓励我战胜疾病。她还托人从内部自费买了昂贵的中药断板龟丸，先后从两个女同事处讨来了她们生产后的胎胞，亲自清洗，细心烹调，让我服用。差不多两年时间，她就这样以她的坚忍和从容，用她柔弱的肩膀，默默地顶住了这险将倾覆的闸门。每想及此，我都感到心酸心痛。我暗下决心，要疼爱呵护她一辈子。

翠芬似乎有一种与生俱来的亲和力。她心地澄澈，坦诚爽朗，热情待人，与她接触过的人都很喜欢她。从小学到中学到大学，她都结交了不少知心朋友。几十年来大浪淘沙，岁月变迁，但她仍然珍视这份纯真的友谊，不离不弃。她敬业爱生，在教学中特别喜欢和学生交往，师生融洽，没有距离，学生们都喜欢找她问难、谈心，毕业时向她求画求字，保持联系。她的中国书画课很受留学生欢迎，有一年上课时恰逢她的生日，一些留学生每人手捧着亲手书写的中文"寿"字，登门给她祝寿。至于研究生、进修生，更是我们家的座上客，谈学习，谈生活，甚至倾诉个人的隐秘，都能获得她的关爱和教益。有时她也会让母亲做几样小菜，备上啤酒、红酒，招来三五研究生，大家天南海北，开怀畅谈，直吃到杯盘狼藉，尽欢而散。研究生毕业时，她也尽力推荐联系，帮助他们找到理想的岗位。她对学生的关爱，也得到了学生的敬重。有的研究生亲切地喊她"导师妈妈"，有的研究生结婚时请她做主婚人。翠芬十分爱才，记得"文革"前，她参加中文系招生录取工作。当时她发现两名考生作文写得很好，但因家庭都有些问题，招生组决定不录取。她据理力争，坚持要录取这两名学生，招生组长说：你要录取，就由你签名负责。此事一直反映到校招生工作组，最后还是由她签字录取了。事实证明，这两个学生学习期间表现很好，毕业后，经过努力，一个成为省出版社的负责人，一个成为省报理论组的笔杆子，写出一手好文章。还有"文革"后我系招收首届硕士研究生时，当时一名只有高中学历的女考生，笔试、口试成绩都很好，英语成绩更是名列前茅，但因她在"文革"中反"四人帮"言论曾坐过大牢，"文革"后虽已平反，但负责录取的领导仍有疑虑，不拟录取，连该生报考的导师也不好表态，但翠芬根据择优的标准力主录取，终于获得了通过。如今这位女研究生已是美国某大学的教授。翠芬经历的这两件事，至今知晓的人很少，三位当事者也不知情。她说：如果我不为这些可造就之才争取一个学习机会，良心上过不去，我只是尽心而已。"赠人玫瑰，手有余香。"这就是她奉行的待人之道。

翠芬一生热爱生活，充满活力。《周易》中的"天行健，君子以自强不息"是她的座右铭。她每天都把日程排得满满的，读书，上课，写文章，练书法，作画，运动，游览，与友朋学生交往。她说：生活充实，有收获，才快乐。她喜欢挑战自我，年过半百，她执意买了一辆自行车，在操场上仅练习了两三天，就大胆上街了，一次撞倒一老太太，幸无大碍；一次摔得全身青紫，险些倒在汽车轮下。但她回家仍是泰然自若，谎报"军情"，说是不小心撞的。过了若干天后，她才坦白实情。为了圆自己的出国梦，在两年多的时间内，除了教学，她的整个精力都投入到英语强化训练中，日夜苦战，学口语，听录音，做了几十本小笔记，连日记也改用英语写。其实当时她的英语只有初中水平，大学时学的是俄语，做研究生时学的是日语，现在把英语重新捡起来，其艰辛可想而知。当时曾有友人规劝她，说她刚刚提升副教授，应该把精力放在科研上，现在这么辛苦地攻外语，是否得不偿失。但她认定的目标，是拉不回来的。她曾用英语写下"天下无难事，只怕有心人"（Nothing in the world is difficult for one who sets his mind to it）来鞭策自己。她最终取得了成功，成为改革开放后我国派出讲学的首批文科学者。退休之后，她应我校留学生部之请，连续几年为留学生讲授她喜爱的书法绘画课。为了便于交流，她总是充分准备好每一节课，大部分时间都是用英语进行教学。当时看到有人退休后心绪低迷，她在日记中写道："警惕啊！不要随着年龄的增长，失去青春的活力与敏锐力。"她就是这样诠释生命并努力践行的。生病五年以来，她仍然从容淡定，乐观应对，运动，旅游，与友人学生交往，一如往昔。她仍然鼓足精气神，写诗，作文，绘画，练习书法。在她弥留之夜，竟然要我扶她坐起来，喃喃自语地说想写一篇小文章。她的鲜活形象就这样永远深深地定格在我的心中，能不令人伤痛欲绝。

　　翠芬去世前数月，已经有意识地教我下厨做简单的饭菜。她淡定地说，如果我先走了，你要学会一些独立生活的技能。为了我，为了孩子们，你也要好好地活下去。翠芬，我一定遵照你的嘱咐，为了孩子们，为了我们相约但未竟的事项，为了我们永恒的爱，一定坚强地活下去，直到与你在天国中相聚。

2014 年 8 月 15 日于上海浦东仁恒河滨

注：

① 杜甫《闻官军收河南河北》。

② 王维《偶然作》其六："宿世谬词客，前身应画师。"

远处梅香薰人暖

王火青

住在东郊，我喜欢在雨后，趁着空气湿润而清新，沿着梅花谷穿越。今天又遇到这样的好天气，然而一些无法释怀的伤痛却不由从心中泛起。一切源自4月4日的清明前夜，失去母亲的伤痛，犹如一场挥之不去的梦，潜入我的灵魂深处。五十多年，从小到大，没有离开过父母一步，一直栖息在父母这两棵葱茏的大树下，他们为我遮风挡雨，伴我幸福生活。如今轰然倒下的一棵树，犹如生生夺去我生命中的一部分，那沉重的滑落声，伴随着的是一种失重感。

多么怀念今春在梅花盛开时，能陪着父母在梅花谷赏春观梅。那天也是雨后初晴，空气清爽，我们漫步在梅海的花径里，母亲步履很缓慢，边走边歇息，饶有兴致地对不同梅品点评。当走到梅花谷的"梅后"树前，"梅后"疏瘦的虬枝和大气的红焰吸引了母亲的目光，她连说这棵"梅后"花色红得气度不凡，与众不同。我还特意让她靠近"梅后"合了影……如今，我又漫步到"梅后"树前，用心再期待那熟悉的身影，但入眼帘的，只有葱郁的绿叶。梅花已谢，梅香已远，在这世界上，我已经没有了母亲，她远远地走了，带着清悟的芬芳，消失在我永远无法知晓的地方，留给我的只有黯然神伤。

母亲一辈子喜爱梅花，画梅品梅，点缀着她的诗意的人生。她时常和我们讲起她的启蒙老师——初中女子教会学校的"汝梅"老师，是她将母亲引入了美术的殿堂。这位老师擅长中国画，尤其是梅花。就连名字也带有"梅"字。为了跟她学画，母亲将积攒的零花钱，有时甚至是早点钱都省下，去买纸来练笔作画。除了跟她学画，还跟她学文，她的国语课也教得出神入化。母亲的作文和绘画总是名列前茅，在课堂上展示，被老师鼓励，仿佛冥冥之中，文与画，还是画与文，犹如两颗发芽的种子已经在母亲心中生长。还有更重要一点，这位接受了西风美雨的老师特立独行，异于常人，她常常头戴礼帽，一袭长衫，女扮男装，穿梭市井里巷，走入学生之家，对此外婆曾有过误会和不安，但女校的学生都喜欢汝梅老师，她勇于挑战世俗和反对男尊女卑，在母亲幼小的心灵中烙下了深刻的印记。

母亲虽然最终选择了文学跨进南大中文系，但在几十年的教学生涯中，她一直情系绘画，念念不忘。我最初有记忆，已是史无前例的"文革"岁月。因为"停课闹革命"换来了母亲无课可上，无生可教，她又不愿去打派仗，只有关起门来，当逍遥派，在家中捏泥塑，刻木头，玩剪纸。记得母亲制作了不同材料的梅花，有泥的、蜡的、水印木刻的，还有剪纸片的。母亲玩，我也玩，那是我童年亲历的最开心游戏。后来也许不合时宜，怕扣上莫须有的帽子，她进入南大"红画笔"，为应时应景去画领袖像、工农兵。她心爱的梅谱断了旋律，她也不再有时间陪孩子游戏。

直到粉碎"四人帮"后，母亲重新投入她的古代诗文研究，闲暇时间醉心丹青水墨的创作。诗乃有声画，画为无声诗。当母亲以诗心涵养画心时，她笔下梅花赋予了人的灵性。

母亲喜欢画不畏严寒，独步早春的梅。她常以古人诗意作画。如写东坡诗意的"造物含深意，施朱发妙姿"、陆游诗句"花中气节最高坚"、魏源诗句"直与天地争春回"，无不流露出母亲在历经动乱蹉跎之后，走进春天、走进阳光的欣然之情。借用黄遵宪诗句"清气得来花自好"，顾炎武诗句"老树春深更著花"创作的梅花，既反映母亲一生淡泊名利、不媚世俗的独立个性，也蕴含着她寄心物外作画境界：身患重疾，依然乐观向上；春日将尽，那生命长青的老树，依旧要热烈得花开满枝。

母亲画梅追求梅花自然之美。每年春寒料峭，梅花初放，她定会和父亲去东郊踏青赏梅，带回她的写生稿和照片，从中汲取绘画素材。正因为母亲了解梅花真性情，她笔下梅不落俗套。她画的"别是风流标格"、"花之魂"、"春自在"等梅作，梅枝遒劲，梅蕊清雅，风神绰约，别开生面。如一幅题以"梅花惊艳"垂枝梅图，是母亲戊子春游梅花山写生创作稿。画面上枝枝垂拂，运笔犹似龙角，花朵玲珑，形神摇曳生姿。为了凸现此梅中佳品，母亲显示出极佳的中锋功力，枝梢乘势而下，挺秀有力；引枝断而复连，连而自然，一气呵成，潇洒之至。在校园画展展出后，母亲的好友，中文系郭维森教授送来赠诗："柔条似柳，繁华如星。清韵悠然，可付流莺。"记得当时母亲非常开心，说遇到了赏画高手，郭教授独具的慧眼和灵敏的通感升华了这幅画的韵味。

画梅须具梅气骨，人与梅花一样清。母亲画梅几十年，人与梅花，梅花与人，早已相互融入了。谁也不会在意是画者赋予了梅花以颜色和形态，还是梅花赋予了画者以个性和精神。

岁月剪不断记忆。1982年母亲曾作为教育部派出的首批文科学者远渡重洋去美国讲学。她一边讲授中国古代文学，一边也带去了中国绘画艺术。她曾绘制了四十多幅梅花送给美国友人，并参加了当地城市内布拉斯加举办的画展，那有着浓郁中国元素的水墨梅花，成为她作为文化使者送去的最好礼物。

退休之后，她受聘南大留学生部（今海外教育学院），开设中国书画课，梅花自然是她与不同肤色学生交流的最好语言。

母亲也将梅花视作她对学校师生的爱心馈赠。她是南大书画学会的忠实会员，每逢学校书画展或校庆等节日，必然有她的梅花佳作。校园很多熟悉她的人，是因为她擅长画梅而与她结缘。母亲的梅花更多的是传递着友好和热情，在承传中表达了一个圆满的诉求。

品若梅花香其骨。母亲爱梅、画梅、做梅，八十三年的生命长河，高寿而高节，母亲在这人生舞台上默默演绎的多姿多彩，将如梅花般百世流芳。

徜徉在梅树掩映的小径，聆听着清风吹过的呢喃，虽然满山梅花"零落成泥碾作尘"，但"只有香如故"。亲爱的母亲，你已如梅花一般在我们心中绽放，那悠悠清香永远温暖着我们的心！

2014年6月4日

刊《现代快报》2014年10月20日

母爱，撑起我最美的天空

王海若

又到了感恩节。每年准备着火鸡大餐，都会想起妈妈的八宝鸭。那缘于小时候难忘的记忆：有一次过年，不善烹饪的妈妈决定要做一只鸭子。她仔细挑来一只老鸭，清理干净，又在肚子里填上各种她攒了很久的"八宝"：核桃、红枣、桂圆、蜜饯、火腿等，然后认认真真地封口，文火蒸了三个小时，当一家人无比期待地坐在饭桌边，却发现八宝鸭难以下咽，原来是放的东西太多了，搭配不当。记得妈妈很失落，一个劲地说，"想给你们最好的呀！"是的，在那个物质匮乏的年月，妈妈尽她的所能，给了我们最好的。

我是老二，小时候自然穿姐姐的旧衣服，有时不那么合身还带着补丁，憨憨的我倒也不在乎。不过妈妈总是把衣服洗得干干净净，叠得整整齐齐。我小时候爱流鼻涕，两个袖口最方便擦鼻涕了，妈妈便让奶奶给我做了护袖，花花绿绿的，用碎布拼起来，还特意找来小动物的图案，每一套护袖总让我充满惊喜。班上一个女孩子穿着的毛衣粉色里夹着嫩黄的小花让我羡慕，妈妈不善缝纫编织，但为了满足我的愿望，特意从同事那里收集了彩色的毛线，笨手笨脚编了两朵小花，再一针一线缝到我毛衣的胸前，我高兴坏了，穿在身上舍不得脱下来。在我心里，那是妈妈给我织的最漂亮的毛衣!

妈妈让我们朴素平淡的日子里有小花小草,粗茶淡饭外有点奶油蛋糕。使我知道让一个孩子幸福,有时就是去帮助她实现一个小小的愿望。这在我当了妈妈后深有体会,也一直努力践行。小时候妈妈常去南京大学一个叫斗鸡闸的小洋楼里"接待外宾"。每次她宴会,不管多晚,我都眼巴巴地等她。妈妈一进家门,就会从口袋里掏出用手帕仔细包着的一两块西点:核桃酥,奶油卷,苹果派……都是她舍不得吃的宴会上的点心。看着我一小口一小口陶醉贪婪的小样,妈妈眼睛里满满都是甜蜜。也是那时,好吃的小女孩认真地告诉大人,我长大了要去世界各地,吃遍天底下好吃的东西。后来我果真满世界飞,时常还带着爸妈,尝遍了各国美食。妈妈时常半开玩笑地说:好吃是我事业有成的动力。是否也验证那句话:人生百感,自味觉始?

终于长大了。被父母宠爱的女孩,怀着莺飞草长的欢欣,任青春恣意飞扬。是妈妈为我的飞翔,插上了梦的翅膀。1982年妈妈作为国内首批文科学者,去美国讲学。妈妈在50岁重新认识世界,也为上中学的我打开了一扇窗。我对美国的最初印象是从妈妈每周自Nebraska寄来的家信开始的。每一封来信和照片都摊放在爸妈卧室的床上,我趴在床边一边看一边嗅。美国的信纸厚实有质感,带着一种特殊的异国的纸香,让我迷恋。从Nebraska的Lincoln,到New York City,Washington DC和San Francisco,从Nebraska University大学课堂讨论会,到DC千姿百态的博物馆和三番的渔人码头,妈妈让我看到了大洋彼岸一个精彩纷呈和充满自由的世界。

我要去!

"曾经年少爱追梦,一心只想往前飞;飞过千山和万水,一路走来不能回……"美国的十八年,尽管我和爸妈相隔千山万水,但我始终感觉到他们就在我的身边。 我这棵小苗,能够在异国他乡得以成长,是他们给了我最好的土壤、空气和雨露。 在我们聚少离多的岁月里,信,是那个年代寄托相思眷恋的重要媒介。 从1990年8月我去美国,到2008年8月海归,十八年里我和父母家人的两地书有360多封,而且绝大部分是在2000年之前写的,之后就多是电话了。 为了节约邮资,这些信很多是两面写的,密密麻麻,字里行间都是关爱。

还记得,刚到美国的前六个月,经历初恋的挫折,面对语言和学业的巨大压力,再加上生活不适应,Amherst漫长的冬季里,我寒冷孤独。 妈妈似乎看出了我的心思,她不断地鼓励我勇敢面对困难,让我感觉到不是一个人在孤军奋战,亲人就在我的身后。 妈妈用炽热的爱,化解了我心中的寒冰,给了我勇气和力量。 家人六个月里的32封信和一月一次简短的电话帮我度过那段最艰难的日子。 来信时喜悦踏实,盼信中忐忑不安,南京南秀村7号3栋404爸妈的信箱和Amherst我Lincoln公寓的1024信箱记录着那些思念的日子。

妈妈给我的信多半是叮嘱冷暖,唠叨家常,衣食住行,健康营养。 也时常指引人生。 如果说爸爸教会我善良宽容,妈妈则教会了我勇敢自强。

妈妈在第一封信中说:"丫头,我和爸爸对你的培育到1990年8

月 25 日已画了个句号，以后的路由你自己闯了。 勇敢地走吧，我们是你的战无不胜的后盾。"

我三十岁生日，妈妈说："碌碌无为的女孩子会为跨入三十喟叹青春年华的易逝，孩子，靠自己聪明才智立足的你，三十是个开始耀眼的岁月。 添一岁，添一份才干；多一年，多许多志气。"

妈妈生日我托朋友为她在南京电台点歌《鲁冰花》，妈妈回信："鲁冰花，在天涯，疾风吹，狂浪打，泪光闪闪牙咬紧，扎根异土冒苗芽。 待到来日花满坡，一代更比一代佳。"几个月前旅行中我真的见到了鲁冰花，它们漫山遍野，迎风飞扬，正像妈妈诗里的那样，只是此时妈妈已经离我而去，她见过鲁冰花吗？ 我永远不得而知了。

到美国读书以后，我很快就意识到学以致用的重要。 我必须突破传统人类学的藩篱，找到一条理论与应用交叉，兼容并蓄适合我的路。 爸妈思想开放，思路开阔，总是鼓励我去尝试新的领域。 我之后转型应用科学，进入企业实习，涉足咨询公司，再进入跨国制药企业，认定行业方向。 回首一路发展过来，爸妈倾注了太多的心血，每一个拐点每一次选择，都有他们的参与。

妈妈一辈子颇多坎坷，童年遇上抗日战争，中年经受"文革"的磨难，晚年被癌症折磨。 也许正是因为这些，让她变得坚强、乐观，大有逢山过山、逢水过水的勇气。 妈妈对生活充满激情，对学生充满关爱。 她的很多研究生是家里常客，嘴馋了就去吴老师家里撮一顿，纠结了就找吴老师交谈交谈，她被学生唤作妈妈老师，那是因为妈妈有一个热气腾腾的灵魂。

1992年10月她六十岁生日时，我给她在以Amherst（安城）红叶为背景的贺卡上写道："亲爱的妈妈，未来的十年从今天开始，愿你收获一个深沉灿烂的秋天。"妈妈回信："六十意味着进入老年，你妈妈怎么变成了老人了哪？ 不服老，不服老，就是不服老！ 孩子你是了解妈妈的，风风火火十年后，一样青春一样情。 一如安城美丽之秋。"退休后，妈妈"一直保持好学上进，乐观旷达的童心"（她的原话），十年里继续写文作画，返聘南大留学生部（今海外教育学院）教书。 即便在她与病魔抗争期间，也始终乐观坚韧、从容淡定，未见慌乱恐惧、寝食不安，继续和爸爸在南秀村小屋过着心平气静的生活，继续关爱着亲人和朋友。 最难忘我们今年3月底全家在东京上野，那天，妈妈终于看到了她一直念想的樱花，面对如云如雪的花海，妈妈吃力地从轮椅上起来，站在东京上野的樱花树下和我们合影， 也成为我们全家最后一次合影，她是那么骄傲和从容，没有悲戚，没有绝望，笑颜灿烂，看朵朵落英化为春泥，温暖根下的一方泥土。

　　我的幸福牵着爸妈的神经末梢。 什么是婚姻的美满，爸妈一辈子相濡以沫的爱情给了我最好的榜样。 妈妈的信里浸透着为我的恋爱婚姻的迷津指点：

　　"你不孤独，也不灰暗，想想自己的好运吧。"

　　"孩子，往前看，你会找到属于你的最好的爱。 你总以为那份痴情很重很深，直到有一天蓦然回首，你会发现它一直都很轻很浅，最深最重的爱，必须经得起挫折，和时日一起成长，如我和你爸爸。"

"不但要做事业上的强者，更要做生活的强者。生活的强者不是天生的，而是在磨难中锻炼出来的。"

"在美国首先要以真才实学站稳脚跟，在为自己创立一番人生事业的同时，寻觅到一个真诚相爱，携手并进的人生伴侣。"

后来毕业工作，遇到了牵手的他，恋爱中的我对妈妈说，"每天都阳光灿烂！"妈妈回信，"柴米油盐，奶瓶尿布，琐细繁杂的生活鲜有浪漫，两人为事业颠簸疲惫，难得温柔体贴。每天都阳光灿烂，当然美妙，可惜并不现实。其实只要风调雨顺就行。"似水流年里，妈妈教会我如何将一颗心踏踏实实安放在岁月里，呵护为伴，风雨同行，过好属于我们每一天的时光。

莫言说，"爱，就是生命内里的黏附和吸引，就是灵魂深处的执着相守与深情对望。"这些信现在回头再看就是流淌着这样的爱啊，这是我们母女俩灵魂深处的永远的相守与对望！

后来我做了妈妈，七十岁的妈妈当了外婆。从我怀孕六甲到儿子丁丁出生，再到他长成一个英俊少年，妈妈参与了一个生命的诞生和成长。她不善烹饪，为我坐月子买来一本又一本的烹调指南，悉心研读，并照样画瓢学着做。那些日子，每一天妈妈的厨房都像战场，手忙脚乱的她尽量想着花样翻新。还记得月子里夜里喂奶，她会每晚在睡觉前为我和老公做好夜宵，然后放在保温锅里，再把锅子拎上楼，放在我们卧室门口。凌晨两三点我们打开门取夜宵，老公一碗我一碗，红豆银耳，酒酿圆子，木耳炖蛋，核桃羹，汤汤水水，让我们在那个印第安那春寒料峭的3月的夜里好温暖。怀抱着嗷嗷待哺的小生命，妈妈为我精心熬的汤炖的羹都化成了他大口大口吮吸的乳汁，让他一天天长大了。妈妈总说我和姐姐小时候多是外婆带的，她要好好补上这一课。"肉连肉，疼不够"，作为外婆，她在后来的日子里为丁丁的培养和教育倾注了很多心血。她不仅在生活上关心丁丁的成长，还当起了丁丁中文课的启蒙老师。她一直督促丁丁写日记，提高语言表达能力。在病重后她还逐字逐句批阅丁丁稚嫩的作文，给他指点鼓励。丁丁常说，她是世界上最好的外婆。

1996年到2006年，爸妈美国探亲五次，我们累计有一千二百多天朝夕相处，看世界赏风景，宛如昨天，历历在目：尼亚加拉大瀑布游船上任凭水雾劈头盖脸；伊利湖上忘形的我连人带摄像机掉进水里；圣地亚哥海滩上妈妈推着爸爸荡秋千；迪斯尼坐"侏罗纪"过山车妈妈大呼小叫；亚利桑那大峡谷赏雪景追赶落日的影子；流连在Sedona精彩纷呈的gallery（画廊），爱上印第安人的Kokopelly；拉斯维加斯老虎机上试手气；穿越落基山脉汽车遭遇油尽时的恐慌；一同带三个月的丁丁第一次出远门去芝加哥看焰火；坐公主号大邮轮去阿拉斯加看壮观的冰川；奥林匹克国家公园里穿梭热带雨林；西雅图热闹的Pike Place鲜鱼市场妈妈学吆喝；温哥华维多利亚花园细数纷呈的兰花；罗德岛Providence惊叹海边壮观的城堡；辛辛那提大快朵颐Montgomery Inn的猪排；哈佛燕京图书馆里妈妈久久不愿离去，感慨生不逢时；Washington DC每天奔命各大博物馆；纽约百老汇看《狮子王》；护送外孙女庭庭去圣路易斯华盛顿大学读书；当然还有那些在我们印第安纳Carmel和新泽西Voorhees的可爱的家里共度的温暖时光：阳台上妈妈舞剑英姿飒爽；后院里开垦自留地种上南京野菜菊花脑；鬼节兴奋地装扮成巫婆坐在门口等小鬼们来讨糖；阳光房里怀抱小丁丁为他念唱一首首亲自编写的儿歌；夕阳西照的湖边和爸爸手拉手散步……这一切的一切都刻在了我的脑子里，时常会浮现在我眼前。妈妈你将最好的世界给予了我，我也要用无尽的爱来报答给你。

人世间的悲欢离合，是生命中最婉转低回的乐章吗？ 这几年回国在父母的身边了，守着他们，倒有难言的滋味。 为了事业的忙碌奔波，孩子的课内课外，和父母的深入交流倒是打了折扣。 日子老了，父母终将离我们而去，还有好多没过够的好日子啊，"分别"这刺痛的字眼，却不知不觉站在我们之间……多想让幸福的时光定格，多想待在父母的屋檐下，被溺爱，被呵护。 他们不老不病，我们也不长大……

又是一年的感恩节，枫红木落，飘摇着萧瑟，但家里是温暖的。 暖情，暖意，暖人，暖岁月，我轻倚季节的转角处，安然于这份静好。 因为感恩，一切美好，因为存在，温暖相随。 我身为：妈妈、妻子、女儿、儿媳妇、妹妹、朋友，欣然为我的孩子、我的爱人、我的爸爸妈妈、我的姐姐姐夫、我亲爱的朋友，端上这只肥硕无比、烤得黄澄澄香喷喷的火鸡，它肚子里塞满了我能找到的最好东西，和满满的爱，一如亲爱的妈妈曾经给我的！

似水流年里，舍不得的好人生啊！ 天堂里的妈妈是不是此时也笑吟吟地分享着今晚满屋满钵的幸福，在她慈爱的目光下，我要过好这热气腾腾的日子！

2014 年 12 月写于上海仁恒河滨城寓所

为亲爱的外婆祈福

陈心庭

亲爱的婆婆：

  您还好么？又是一年万物复苏的时节。上次回来，旅途漫长，见面也是匆匆。但见着您神情淡定自然，毫不惊慌，也是安慰。一周前看到你们去日本的照片，漫天樱花，绚烂静美。我想您在那阵阵花香、缕缕清风中一定悠然欣喜，满怀幸福。

  小时候是在您身边长大的，先是在云南路，后是在南秀村。那些年的情景还历历在目，那些年的故事还铭刻于心。我有记忆的那年大约是五岁。记得您和公公那天步行带我从南大走到古林公园抓小蝌蚪。刚开始听说要步行时我就哼哼唧唧，假装走不动。您一眼就看穿了，却温和地鼓励我说："要坚持，不能半途而废。我们比赛看谁先走到好不好？"当我们从第一步数到第几千步终于到达公园，抓到满满一瓶蝌蚪时，我开心地又蹦又跳，而您也露出了赞许的笑容。从此，"坚持"二字就慢慢融入了我的血液中。

  记得上小学的有段时间，我特别叛逆。每天中午一放学回家就踹门，发脾气。当众人都惊愕而不解时，是您第一个表现出了通融、理解和关怀，问我是不是在学校不开心，有什么委屈，还特别留意报纸上有关儿童心理的文章。

您也是我文学写作、书画艺术的启蒙老师。您把倾注到您学生身上的同等的爱也倾注于我。谆谆教诲，余音绕梁。为了能培养我对国画的兴趣，不遗余力地手把手教我握毛笔，调墨汁，控制笔锋。虽然我至今只会画猫和熊猫，连您万分之一的功力都达不到，但在您的影响下，艺术早已融入我的生活中，成为不可缺少的一部分。为了能让愁眉苦脸的我理解《琵琶行》，您妙趣横生地用苹果来比画"大珠小珠落玉盘"。终于有一天晚上，我主动问您："婆婆，我们今天还能学《琵琶行》啊？"为了能给我积累诗词功底，您把唐诗三百首抄写到了一张张小卡片上，勾画重点，于是才有了我对古诗文的朗朗上口。

跟您在一起的时光也精彩纷呈。十年前，我们祖孙仨去张家界旅游，翻越天子山的五座山峰，穿行金鞭溪的林间小道，在路边农舍吃野山猪辣子鸡，在大河上漂流玩赏拍击的浪花。随行的同伴都被您的劲头惊呆了，而您也自豪地说："七十岁了，但我不服老。年纪越大越要强身健体。"在我眼中，您永远就是这样激情澎湃，充满朝气和活力。

……

后来我上了高中，去了美国，自然而然地，到南秀村的日子就少了许多。可每次在电话中，您都会不厌其烦地和我聊上很久，最关心的还是我的身体和心理健康。我以前经常会不解，甚至不耐烦您的养生之谈。但当去年下半年您病到已无力与我煲电话粥时，我突然意识到，自己以后也许很难再听到您的"唠叨"了。

……

婆婆，您用您的一生教会了我们，生命不息，战斗不止。人生短暂，要活就要活得灿烂。生活总有困难要压弯我们，但我们偏要倔强地抬起头向着光。您用那颗隐藏在坚强外表下，温暖有时却又柔弱的心，给我们的家注入了无穷的爱。这份爱，或是鼓励，或是宽容，或是知识的传递，或是精神的传承。

婆婆，请您放心，我们会把这份伤痛化为一股延绵不绝的生命力。这是您给予我们的。她会在我们家开花结果，也会把她繁茂的枝荫延续到更远的地方。

这是一个春日的早晨，鸟儿幽鸣，伴着潺潺春水。

我突然想到 2006 年秋天一个充满诗意的午后，您蹲在 WashU 校园那一片草地上，捡起了一片刚刚发黄的树叶。

时光荏苒，我们都已找不到那片落叶了。可是它一定静静落在土地的深处，在这春意盎然的气息中，孕育出了新的生命。

永远爱您，怀念您的外孙女庭庭
2014 年 4 月 6 日

怀念翠芬老友

顾学梅

翠芬是我们几十年的老友，近二十多年来又住在同一小区，两家交往是比较多的。十多天前，两个女儿陪他们老两口去日本赏樱花，说很快就回来。不料，昨天突接噩耗，回国后，翠芬病情突然恶化，匆匆地走了，在清明节的头一天。作为她的老友，我竟没能和她作最后的告别！悲伤中，许多往事在脑中萦绕。

我心目中的翠芬，美丽、多才、爽直、有活力。而印象更深的是她的爱心。她懂得爱，给予爱，也享有爱。

那是在70年代初，物质匮乏，我们的女儿欢欢才一岁就被停止供应牛奶了。她的营养就靠每月凭票供应全家三人的一斤半鸡蛋、一斤半肉，还有大米粉做的无奶的"奶糕"。就在我们一筹莫展的时候，翠芬请她的邻居，南大化学系的陈老师，设法弄来了宝贵的牛奶票。于是我们可以每天到"坡顶"去取来一瓶牛奶，女儿得到了营养补充。

那时，每去翠芬家，他们的两个女儿小毛和毛妹总会耐心地带着欢欢玩耍，吴奶奶也热情相迎。"文革"期间，一次开全校大会，人人必得参加，而我们女儿因被蚊虫叮咬，皮肤过敏，双臂、双腿起许多水泡，裹着纱布。是慈爱的吴奶奶——翠芬的妈妈，不嫌弃，整个下午照看着她，解了我燃眉之急。直到吴奶奶八九十岁后，我每次去看望她，她也还会问到已经远在万里之外的欢欢。

回想四十年前的往事，那些情景仍历历在目。豁达慈爱的吴奶奶，爱心的翠芬和他们夫妇教育出来的两个好女儿，爱心代代相传。

翠芬懂得爱，他们的家庭也温馨、祥和，充满爱。王立兴和吴翠芬在中文系是人人称道的恩爱夫妻。作为他们的同事和好友，我丈夫维森曾作诗，将翠芬所作国画"垂枝梅图"演绎为他们二人的爱情写照。说那"柔条似柳，繁华如星"的梅花图，正是他们二人"天意同根，醒梦情相随"的美丽画面。

2009年，翠芬查出患肺癌，并转移到淋巴，病情令人担忧。他们全家，包括两个女儿和女婿，合力助她与病魔抗争：求医问药、给以精神慰藉、提供经济支持……王立兴更是贴身照护，看病、买药、熬药、喂药，买菜、家务……不辞辛劳，只求延长她的生命。在这样浓浓的爱的呵护中，翠芬乐观、坚强地与癌魔抗争了五年，医生视为奇迹。在她平时的谈话中，常流露出享受到家庭之爱的幸福感。

记得2013年春节，在给他们夫妇的祝贺中，我曾引用了这样的歌词：

> 我想到最浪漫的事，
> 就是和你一起慢慢变老，
> 直到我们老得哪儿也去不了，
> 你依然是我手心里的宝。

借以赞美他们两人的爱情，也是对病中翠芬衷心的祝福和安慰。

在维森生病期间，翠芬带病和王立兴来我家、去医院看望维森，用自己与病魔抗争的事例鼓励他。维森病危失去意识后，他们两人还去医院看望，作最后的告别。老友的深切关爱深深留在我们心中。

翠芬为爱而生，带着人世的爱离去，并把自己的爱留给了人间。翠芬，我们想你！我们爱你！你安息吧！

2014 年 4 月 6 日

翠芬姐姐，我要对你说……

汤淑敏

对于你的离开，我太没有思想准备了，当突然接到毛妹电话向我报丧时，我劈头就怒斥她："你在胡说什么呀？！"当知道这竟然真是事实时，我忍不住失声哭了！

我刚刚去扬州参加了亲如兄长的姐夫的葬礼，又接连接到此噩耗，心里压得喘不过气来，我怕我会控制不住自己，以至考虑再三，不敢去和你作最后的告别，可是我的心里却像翻江倒海一样奔腾不息：

那是1959年，你刚从研究生提前调出，进入教师岗位。你来到我们班级，那时我是一个大学三年级的学生。我们初次见面就异常亲切，你坦诚地向我谈了许多为教学而备课的艰辛；我每次去系办公室，情不自禁悄悄去你的办公室看看，你是否在那里，和你说说话。记得你和我谈起那时王立兴兄长正因患肺病住院，女儿还小，生活遇到很大压力……你身上有一种吸引力，使我关注你的一切。我心里隐隐感到，你也喜欢我——一个青涩未脱的毛头学生。

以后的生活几经辗转，我们越走越近。你发表文章，展出国画，进修英语，出国讲学……都引起我默默关注，我深感你是一个刻苦勤奋、才华横溢、自强不息的女性，是我值得效法的榜样。

我们曾有过几次长谈，在谈及人生道路选择、追求实现自己理想时，我深感你考虑问题站得较高，思路开阔，大胆，果断，又充满睿智，使我钦慕不已！

翠芬姐姐，我很后悔，你生病以后，为了不打搅你，让你安心养病，我很少去看你，也没有安慰过你，甚至连电话也常常是你主动给我打。你曾不止一次和我谈到你生病后的心路历程，如何战胜疾病的巨大心理压力。你每次去外地或国外旅游回来，详细谈及所经历的一切，还给我带回小礼品。

我很后悔，去年一次在你家里聚会，那天下着小雨。我因工作遇到一点不顺利，与一个同志谈心，耽误了时间，弄得你们夫妇和学梅一直在等我，待我到后，你实在疲劳，后来提前回房休息了。我怎么会想到，这竟是我们最后一次相聚啊！我真后悔啊！

我太麻痹了，我总以为，你们以先进的治疗方法，老王兄的精心护理，有效地控制了肿瘤生长，五年危险期已过，应是安然无恙了。

翠芬姐姐，纵观你的一生，你事业有成，是一个成功的女性；在生活上，你有一个幸福美满的家庭，你是一个幸福的女人。你有一个全心爱你、无微不至呵护你的丈夫，有一双非常孝敬你的女儿及女婿。你曾不止一次对我说过，因你太幸福了，以至上帝都嫉妒你，让你生病了。

翠芬姐姐，你这一生，活的值了，你可以无愧无憾地走了。

作为曾经承受你许多关爱的妹妹，我不会忘记，你曾郑重地托付我和学梅要关心老王的生活。你放心吧，我们会牢牢记在心里，我和学梅会尽自己所能，关心他的冷暖，只要有机会，就会常和他聚会。

我盼望着有一天，我们三家在天国里再相聚！

2015 年 1 月 23 日

良师与益友

——追忆翠芬

邹午蓉

翠芬，那天看着你平静地躺在那儿，我不敢相信，你，真的走了。你还没有向我讲述东瀛的美景，樱花的烂漫，全家出游的开心，怎么就走了？虽然你病了几年，也已步入耄耋之年，然而对于你的遽然离去，我还是不愿相信。久久凝望着你不言不语、不颦不笑的面容，我觉得那不是你，不是我熟识的你。我的悲伤终于无法控制！翠芬，你的亲人在哭泣，你的学生在流泪，你的朋友在长叹，你忍心离我们而去？然而，你真的去了！每当长夜难眠，辗转反侧，半个多世纪师友情谊的点点滴滴历历在目，恍如昨日。

翠芬是我大学二年级的中国文学史老师。记得她第一次给我们上课就让我班同学眼前一亮。略带安徽口音的语言清脆爽利，语速较快，似乎在抢时间，想在一堂课里尽量多讲一点内容，容不得我们开小差分神。她边说边写，话音刚落，飘逸灵动的字已写满黑板。那时她还不满三十，虽则一袭蓝衣，却难掩其独特的知性风采。后来听说她不但课上得好，还善吟诗作画，是中文系的才女。毕业留校之后，我阴差阳错地从事了现代文学的教学与研究，与翠芬不在一个专业，业务和工作上的交集并不多。然而，她的博闻敏思，斐然文采和多才多艺，还有那虽长我十岁却超我数倍的充沛精力总让我佩服倾慕。虽然成了同事，但她对于我，仍像当年为师时那样，时常给予关注，鞭策和激励。她为我的小小成绩而欣慰，也曾告诫我不可疏懒懈怠，使我在跬步前行的路上平添了几分助力。

翠芬不但对我的业务和工作时加督促指点，生活上也对我照顾良多。留校之初，我单身在宁，于是她的家成了我闲暇时的盘桓流连之处，看老师可爱的女儿嬉戏舞蹈，开怀地拍手大笑，体验着她家庭的和谐温馨。一次我突发急症，腹痛难忍，翠芬师闻听急忙赶到鼓楼医院看我。在镇痛药的作用下我沉沉睡去，第二天醒来，发现自己挂着水，翠芬师趴在我床边打盹，原来她没有回家，就坐在凳子上竟夜守护着我，此情此意令我终生难忘！不久，"文革"武斗烽火燃起，彼时我正在北京夫君处避难，关于南京的传言很多，人心惶惶，说很多人已携箱带笼回家暂避。我一时无法回宁，翠芬夫妇到我宿舍，把我的全部家当装入我的两只箱子，合力拖回了家，写信嘱我安心在京。待到我有了孩子，她怜惜我一人独自育儿的不易，多次施以援手，她的母亲甚至为我儿亲煮羹汤送去托儿所。其时翠芬师的小女儿也很小，但她还是乐见我们母子这两个不速之客的造访。大儿至今记得儿时与毛妹姐姐在地板上打滚，比赛做算术题的情景。往事并不如烟，一切并未随风飘去，仍那么鲜活地印在我脑中，可是，翠芬你如今在哪里？

随着年事渐长，交往日久，我和翠芬由师生而同事，进而朋友，亦师亦友。作为朋友，无论阅历性格，处事能力乃至内心世界，她都比我强大许多，这些每每令我受益匪浅，她是我的良师益友。翠芬，自你五年前患病以来，我目睹了你与疾病抗争的过程。从初时陪着你落泪，到为你的日益坚强而宽慰。你从突遭雷击般手足无措，到彻悟生命的真谛，以超越生死的气度，淡然面对病魔，在生命的最后阶段，又一次让我佩服敬重。你珍视生命，更热爱生活。你以带病之身，遍游世间美景，依然践行着你对美和爱的执着追求。疾病不能改变你的文人情怀，诗人本色，也无法阻挡你远行的脚步，你用自己的勇敢无畏谱写了生命的最后华章！你应该是无憾而去。有名人曰，不完满才是人生。而你却将难得完满的人生演绎得足够完满和无憾。除了你自身不可多得的先天优势，你拥有相濡以沫，生死契阔的知心爱人，你拥有事亲至孝的女儿女婿，还有爱你敬你的学生，朋友，人生若此，夫复何求？我仿佛觉得你并没有离去，而是又一次的远行。只是当我习惯地拨通你的电话，应答的是立兴的声音，才怅然若失，你真的去了！我以为对于逝者最好的纪念是在记忆中，在心中。在我心的一角，有你在！愿你在天堂不再有病痛，愿你依然拈毫泼墨，写诗作画，在一个别样的世界里继续挥洒你的华彩篇章！

2015 年 1 月

何处春江无月明

陈正荣

4月的南京,樱花正盛开。

4月4日,清明节的前一天,我突然接到电话:"吴老师病情严重了。"待我赶到江苏省人民医院病房时,吴翠芬老师已经停止了呼吸。我摸了摸老师的额头,还有余温,慈祥的面容,犹如睡着了一般。吴老师的爱人,王立兴老师伤心欲绝地坐在吴老师床边,还握着吴老师的手,此情此景,不忍卒看。泪流满面的我深深地鞠躬:"吴老师,您走好!"

吴翠芬老师、王立兴老师都是南京大学古典文学知名教授。他们都是我在南京大学求学时的导师。我们在一个城市里生活,我经常去看望他们,聆听他们的垂训。我知道,就在七天前,吴翠芬老师的两个女儿还陪他们到了日本东京的上野去看樱花呢,回来没几天,怎么说走就走了呢?

五年前的3月,吴翠芬老师全家计划着去日本看樱花。签证已办好,就在出发的前夜,吴翠芬老师在洗澡时突然发现脖子上长了一个约两厘米大的包块。在王立兴老师的催促下,第二天就去了南京大学医院,医生看了一下立即建议她到鼓楼医院就诊。医生一看就建议立即穿刺。各项检查都指向最坏的结果:肺非小细胞腺癌,已经是晚期。医生看她是高级知识分子，丝毫没有向他们俩隐瞒病情，告诉他们，留给她的时间可能只有四到六个月了。平时声音洪亮、生龙活虎、雷厉风行的吴翠芬老师根本不相信这是事实，家人和学生都不相信，但随后的各项检查都指向了这个最坏的结果。"既然来了，就必须面对。"吴翠芬老师说。从此，她和癌症进行了顽强不屈的斗争。随后的治疗，医学界有两种截然不同的观点：化疗，还是不化疗？最后她选择了不化疗，采用靶向治疗的方法，加上中药调理。我去看望她，吴翠芬老师从不回避癌症，总是笑呵呵地说，没关系，既来之，则安之。我根本不把它当回事。吃饭、睡觉、旅游，照常。读书、写诗、作画，依旧。这样的乐观态度，帮助她挺过了六个月，挺过了一年二年三年。2012年，适逢吴翠芬老师八十岁寿辰，她的两个女儿特意为妈妈组织了一场生日聚会，在南京和外地的一些学生都被邀请来。席间，精神矍铄的吴翠芬老师发表了很长的感言。她说，当初医生宣判我只有六个月，如今三年过去了，我还是好好的，感谢上天的眷顾，感谢王老师和家人的陪伴，感谢大家的关爱，是你们大家给了我信心，当然，我也为自己的努力而自豪。事实证明，乐观的人生态度和科学的治疗，是可以战胜病魔的。生活多么美好，每一个人都要好好珍惜啊。那番充满热情的感言，说得现场的人热泪盈眶。那晚，女儿还为妈妈准备了蛋糕，当她吹灭蜡烛时，还许下了生日愿。那晚，吴老师特别开心，还喝了不少红酒。学生们纷纷敬酒祝愿她身体健康。那晚欢乐的情景，时常浮现在我的眼前，特别是吴老师的即兴感言，言犹在耳。

在南京大学，都知道中文系有一对成双出入、琴瑟和谐的老师，就是吴翠芬老师和王立兴老师俩。他们都是古典文学专家，吴老师主攻魏晋唐宋文学，王老师主攻明清近代文学。他们的研究方向很有意思，涵盖了大部分中国文学史。我到南大主攻方向是明清文学，受王老师授业、教诲的时间更多，但我对唐宋文学很感兴趣，吴老师也给我们上过唐宋诗词课。研二的时候，吴老师还让我代她给本科生讲唐诗呢，开始时我还有些顾虑，吴老师鼓励我，充分准备，大胆讲课。结果，讲了一个月的唐诗，效果还不错。有幸师从二位老师，不仅使我学业上大有长进，而且在做人上也学到了很多。两位恩师的温厚、宽容、坚韧，都是我学习的榜样。

更让我感动的是，这一对恩师多年来感情笃厚，简直浓得化不开，堪称爱情典范。吴老师和王老师都是安徽蚌埠人，他们从初中开始就在同一所中学上学，可以说是青梅竹马。到了高中一年级，他们分在了一个班。吴老师的语文很好，王老师的数学很好。吴老师还是学校学生会主席，王老师是团干部。他们在工作学习中互相欣赏，并由此产生爱慕之情。后来我得知，王老师为了追随吴老师，竟然选择了文学。1952年，他们同时考上了南京大学中文系。毕业后，吴翠芬老师免试做了研究生，师从我国著名的古典文学专家胡小石，而王立兴老师留校做了助教。从此，他们没有离开过南京大学，在南秀村宿舍生活了六十多年。他们的学生可以说桃李满天下。国家教育部曾经想要调吴翠芬老师去京城从政，淡泊名利的吴老师婉言谢绝了。在我们认识两位恩师的这三十年里，从没有见过他们吵过架。吴老师快言快语，王老师儒雅温和；吴老师感性随意，王老师条理清晰；吴老师果断爽朗，王老师认真随和。他们性格正好相补。他们都有共同的特征，就是笑容总是挂在脸上，而且是发自内心的笑。吴老师笑起来，声音大，是开怀大笑那种。王老师，总是笑呵呵的样子，和风细雨。在过去漫长的岁月里，王立兴老师的生活全都由吴老师照料。在吴翠芬老师生病后，情况完全颠倒过来了。吴老师的生活全部由王老师照顾。吃了四年多的中药，全部由王老师煎熬。什么时候吃药，什么时候出去散步，什么时候睡觉，都是王老师提醒。在生病的五年时间里，两人形影相随，寸步不离。人们经常在南京大学北园校园里，看到一对慈祥的白发老人手携手在散步。为了让吴老师出去散散心，这几年，王老师和女儿一起带着吴老师去了很多地方。全家去了澳大利亚、越南旅游。在国内，他们去过新疆、青岛、杭州、千岛湖、乌镇等地游玩。每到一地，王老师、吴老师像是一对初恋的情侣，摆出相亲相爱的姿势，认真地照着合影。每次从外地旅游回来，吴翠芬老师总是显得特别开心，把很多照片拿出来给我们看，一一解释，让我们分享他们旅游的快乐。

今年春天，吴翠芬老师的病情有了变化，胸腔出现积水。我去看望她时，发现她身体明显虚弱很多，但她依然面带笑容，很乐观。外面春风徐拂，杨柳婆娑，热爱大自然的吴老师每天坚持和爱人到外面走一走。吴老师一直喜欢画画，尤其是她喜欢画梅花，而且画得很专业。东郊的梅花开了，王立兴老师陪着她在梅花谷漫步，赏梅踏青。樱花快要开了，吴翠芬老师想到要完成一个五年前没有实现的愿望，那就是去日本看樱花。看到她精神很好，全家于3月27

日飞到了东京。此时东京上野的樱花开得正灿烂，如云如霞，一对白发老人搀扶着，任樱花花瓣落在身上。面对如画美景，吴翠芬老师露出了会心的笑。从日本回来的当天，吴翠芬老师的病情急转直下。四天后吴翠芬老师就平静地走了。家里人和我们都感到非常突然。我一直在想，吴老师没有离开这个世界吧，她只是像往常一样去一个地方旅行了，去了樱花盛开的地方。

5月8日，是送别吴翠芬老师的日子。王立兴老师特意挑选了中国经典名曲《春江花月夜》作为背景音乐。王立兴老师说，吴老师生前最喜欢张若虚的这首诗，还写过精心磨研的赏析文章，无数次为学生讲析过这首诗，放这首曲子她一定喜欢。王老师写的挽联是："今生今世情未了，来生来世未了情。"横批："生死相依"。落款："翠子爱妻天路平安，柱子泣送。"翠子是吴翠芬老师的小名。柱子是王立兴老师的小名。如今他们是八十多岁的老人了，还这么亲切地称呼着。情未了，未了情，让人动容。曾经的那个扎着小辫子的翠子走了，曾经的那个朝夕相伴的翠子走了，曾经的那个相互鼓励相互偎依的翠子走了，曾经的那个疼着自己、自己也最疼的翠子走了。翠子静静地躺在百合花丛中，房间里弥漫着花的芬芳，她像是睡着了，柱子怎么喊她也不答。柱子泣不成声，泪雨滂沱。来送别的亲朋好友，泣声一片。

《春江花月夜》的音乐舒缓地流淌着。……

"春江潮水连海平，海上明月共潮生，滟滟随波千万里，何处春江无月明……"在吴老师最喜欢的曲子声中，她睡得好熟啊！

我作为学生代表，和王老师、他们的女儿女婿一起来到火化炉前,和吴老师作最后的告别。 此时的我们都已泪流满面,王老师已经站不住了。 我们每人抓一把洁白的菊花瓣,轻轻地洒在了吴老师身上。 王老师在呼唤着他的翠子,女儿火青、海若大声地呼唤着妈妈。 火化炉的铁门缓缓地关上了……

爸爸,到上海去和我们一起住吧。 在上海工作的小女儿说。 不,我要和她在一起,要整理她的文集。 王立兴老师说。 王老师相信,吴老师根本就没有走,他们永远在一起。 走进南秀村王立兴老师的住处,房间里挂着吴翠芬老师的遗像,遗像下面是一丛鲜花。 王立兴老师隔几天就会去买一束鲜花。 有各色玫瑰、绿色雏菊、天堂鸟、勿忘我、相思梅等。 他说吴老师喜欢鲜花。 然后每天都会和他的翠子说一会话。 两个月来,王立兴老师已经去了五次吴老师位于雨花功德园的墓地。 他说,我去陪陪她,带着花。

我常常有一个错觉:吴翠芬老师真的走了吗? 我的脑海中浮现出很多意象:春天、梅花、樱花……还有矫健的身影、给我们上课时的神采、爽朗的笑声。 我想,吴老师去的那个地方一定是她一辈子都非常喜欢的春江花月夜吧。 诗中不是说"何处春江无月明"? 那里一定有她喜欢的凌寒傲放的梅花,有她喜欢的灿如云霞的樱花,还有,一轮明月照在春江上……

刊《扬子晚报》2014 年 6 月 13 日

看尽繁花化春泥

——怀念吴翠芬老师

金鑫荣

去年今时,吴老师匆匆离开了我们。

记得是去年清明的前一天,我在学校接到师兄正荣的电话,说是吴老师在医院已经病危了! 叫我赶快过去。 等到我急急忙忙赶到人民医院时,吴老师已经走了,我看到的是她老人家最后的一面。 她就像平时睡着时一样,安详、宁静地走了!

我一时都缓不过神来! 不久前在吴老师家里,还能和我一起愉快地聊天,聊工作,唠家常,笑语盈盈,达观开朗,还不时和我开些玩笑,虽然有些病容,但精神、谈吐、思维都十分清晰的吴老师,就真的这样匆匆地、永远地离开了我们? 从此再也听不到她亲切的教诲、关怀和鼓励? 看着无情的白布蒙上吴老师的脸庞,望着黄昏时医院的汽车载着她无情地远去,我知道我们和吴老师真的是人天两隔了! 不禁悲从中来,不能自抑——

我和吴老师多年的师生情,一幕幕闪现在我的面前。

和吴老师最初的相见,是在我研究生复试时。 1985 年,我报考南大中文系的研究生并进入复试,吴老师当时负责考生的引导。 不知怎么的,本来我心里还有一点紧张,但看到吴老师亲切的笑容,心里觉得释然了很多。记忆中当时的她也就五十出头的年纪，满头青丝，素净雅致，初次相见，就给人亲切、干练、爽朗的感觉。她是古代文学专业研究生导师中唯一一位女导师，却丝毫没有导师的架子。果不其然，我们入学后和吴老师有了更多的联系，不管是古代文学哪个专业的研究生（当时在程千帆先生名下招的研究生分唐宋、明清、古文献等专业），和吴老师交往都最密切。她对学生有着博爱的心肠，甚至还"爱屋及乌"，对古代文学专业外校来的研修生也关爱有加。在日常的交往中，吴老师不但关心我们的学业，在生活、交友等方面，她也像一位家长，经常给予我们关心、呵护，让我们这些外地学子，感受到家庭般的温暖。记得我们当时淘气，更多的是为了表示尊敬，背地里还给她起了个"雅号"，叫她"吴翠老"，也有一点点谐噱的意思，其实她当时一点也不老，中文系里能担得起"某老"的，当时也就只是程千帆、陈白尘、陈瘦竹三位先生而已，吴老师在古代文学专业中，当时还是"中生代"呢！有一次私下里她还"嗔怪"我们"编排"她，其实现在想来她心里应该是欢喜的，觉得和我们这些学生可以这样亲密无间，并得到大家的尊敬、喜爱。

我留在学校工作以后，和吴老师王老师一家人的交往就更多了。我也经常在校园里看到她的身影。我后来渐渐知道，吴老师年轻时就是学校的风云人物，学校好多老师都会说起吴老师当年的风采，而且在说话的最后总要有一句总结词一样的话：吴老师漂亮、能干、达观，为人很好。从历次政治运动、"文革"一路过来的老师们，经历过许许多多人心的拷问，但还能这样评价吴老师，应该是十分难得的褒扬了！大学校园里有的学者喜欢臧否人物，且往往有文人相轻之类的毛病，但在吴老师身上是没有的，她说起别的老师，也总是说交往中的趣事而已。这倒是让我们从另一个侧面，更深入地了解吴老师的人格魅力。

记忆中的吴老师好像永远是忙碌的，即使是在退休后。不时看到她骑车带着外孙女飞快地飘过，时而看到和王老师在操场风雨无阻地锻炼，学校橱窗里则不时展出她的写梅作品，偶尔在路上碰到她，也总是身影矫健、神朗气清的样子，总是露出慈祥的笑容，关切的眼睛一直注视着你，仿佛要知道你最近的一切，你的一点点进步，她都会给你赞许的眼神。说起来有时候还真怕看到吴老师，就像一个小学生，很怕老师问起自己的成绩，其实是怕辜负老师的期许；但奇怪的是有时只要我自己工作、生活上哪怕有一点小小的进步，还很希望吴老师知道，内心希望得到她的鼓励和"表扬"。因为在我心里，吴老师更像一位慈祥的长辈、亲人，她总是默默关注着你的成长，勉励你，也督促你，让你没有偷懒的机会。长夜自问，在人的一生中有这样一位时时关爱你、呵护你的师长，实在是我生命中的福祉。

年年岁岁，花开花落，学校里的学生一茬茬地毕业、工作，有时可能因为时空的距离，有时因为生活的压力，和老师的联系往往会疏隔下来，像我们这样毕业工作几十年之后和老师还有这样密切互动与紧密联系，应该是十分难得的。这不单是因为我有幸忝列王老师门下研究生的缘故，更多的是我们之间多少年来分不开、割不断的师生情谊。有时即使我们有一段时间不见，但甫一见面就有说不完的话题。记得当初住集体宿舍时，她还不时邀请我们去她家里打牙祭。这也难为吴老师了！她一边热情地招待我们，一边又像自责似的诉说自己不太灵光的厨艺，其认真的劲，让我们忍俊不禁。其实已经是很丰盛的晚餐了！这样的聚会，往往充盈的是笑语和喧哗，弥漫的是一种家庭般暖暖的气氛。

　　这种暖意，对我来说却是时时能感受到。工作以后结婚生子，生活一地鸡毛，各种压力扑面而来。那时学校住房又紧张，一家三口蜗居在一间集体宿舍里，连来客坐的地方都没有，直让人无奈、无助。吴老师每次碰到却总是安慰、关心我。她和王老师还几次来那间陋室看望我，细问我和妻子、孩子的近况。有时因为忙，更多的是因为疏懒，不能时常向老师报告近况，但她遇见我时总要再细细地过问一遍，什么时候读博士啊，职称啊，最近工作的成绩啊，孩子上学的情况啊，妻子工作的近况啊等等，都是些工作、生活上的琐事，在路上偶遇我们都能说上半天。从她老人家关切的眼神中，我能读到她不尽的爱意。

　　直到她确诊患了重病，她也一直是开朗达观的，且一直没有改变过。我得知吴老师的病况后，总想好好安慰她，却不知从何说起，倒是她反过来开导我，表现出对生命、死亡的一种乐观豁达的态度，她谈笑着和你探讨生命的意义，没有丝毫表现出恐惧和悲戚，这样的情绪是一般病患者不容易做到的，周围的同样患者，精神很快就被病情击垮了，吴老师却不是。在她患病后的几年里，我们也没有把吴老师当作一个病人来看，还和往常一样谈笑风生。在她八十大寿那天，女儿海若姐妹把我们这些门生故旧召集到一起，高高兴兴一起为她祝寿，那时的吴老师容光焕发，神采奕奕，也十分健谈，很难将她和一个病人联系起来。现在想来，除了孝顺的女儿给她服用的进口药品外，她对生命的乐观态度，顽强的意志精神，是支撑着她精神世界的不竭动力。在她看似脆弱的外表下，体现出她坚强不屈的生命精神！

爱美、爱花、爱诗、爱一切美好的东西，是吴老师一生的追求，也是她与生俱来的诗意秉性。她画的梅花，出神入化，风韵各异，别具一格。在学校组织的节假日及各类教职工书画比赛中，总是少不了她的"翠芬写梅"，每每我在橱窗前伫立看到她的画作，总会会心地一笑，感到一种莫名的亲切。吴老师画了一辈子的梅花，凌雪傲霜、清雅俊逸、清香悠远是梅花的品格，古人赞梅花"不要人夸颜色好，只留清气满乾坤"，这样的雍容和气度，不正是吴老师一生形象的最好写照吗？

什么也阻挡不了吴老师对美的向往。去世前两周，她还和家人一起到日本看樱花，听海若说她是要了却那年因病没能去成的心愿，这哪里像一个患病老人的愿望，倒是像一位文艺青年的憧憬。她拥有孩子般的赤子之心。想来东瀛那漫天烂漫的樱花，该是激起老师孩童般的喜悦了吧？樱花是灿烂的，其生命却是短暂的，美到极致，飘然陨落。难道人的生命也会像樱花一样吗？是也不是：不是的是，吴老师耄耋之年的生命不算短暂，生命的华彩却感念着许许多多的人；说是的是，吴老师没有将更长的生命延长这样的华彩。但人世间生命真正的意义不在于它的长度，而在于它的厚度。也许是冥冥中的安排吧，吴老师从日本回来因身体羸弱就摔了一跤，一病不起，直至永远离我们远去——那漫天飘落的樱花，该是对她的永恒的追念吧！她看尽了繁花，看尽了人间美好的一切，才离开我们，离开这个世界。

  时光过得好快，转眼又是一年清明节。老师离开我们整整一年了！窗外春雨淅淅沥沥，那漫天的雨丝，仿佛我们不尽的思念；风雨中飘落的樱花瓣，该是象征生命的凋谢吗？人和自然，也有一样的生命感应吗？但我相信，在我们心里，吴老师您永不凋谢！您还是我们永远的吴老师！您将自己的生命化作春泥，永远滋养、伴随着我们，以后每年的清明节，就是我们师生心灵交汇的时节。

  吴老师，学生永远怀念您！

2015 年 4 月 5 日清明节

南秀村，永远挥之不去的记忆
——哭翠芬师

黄爱华

1988年的4月，我去南京大学参加硕士研究生面试，由利华引见第一次去您南秀村的家拜访您。2014年的4月，我又和利华相约，各自从杭州和绍兴出发，奔赴南京去送您最后一程！

整整二十六年的生命交集！

南秀村，萦绕在我心中永远挥之不去的记忆……

一

二十六年，四分之一个世纪，占去了我现有生命旅程的一半。好想好想您能再陪我多走一程，多给我一些人生指导，让我多听听您爽朗的笑声！

可是您走了，走得那么突然，选在本来就令人断魂的清明时节。4月4日，我回温州老家给父母上坟。下午两点多，刚刚走进宾馆放下行李，就接到了海若的电话："我妈妈走了——"我当场"哇"的一声大哭起来，"怎么可能呢，怎么可能呢？！ 说好我今年暑假要带梦舟去看她的！……"我知道海若要忙着给亲朋好友报丧，但就是哭着不让她挂掉电话，因为我实在不能接受您已驾鹤离去这一残酷的现实！ 为了能赶去最后见您一面，我顾不得温州亲友的挽留，看望完父母后就匆匆回杭。

送别仪式庄严而肃穆，敬您爱您和您爱的人，您南大的同事好友，您欣赏过关照过呵护过的学生，都不远千里从四面八方赶过来了，大家默默地聚集在您的面前，跟您作最后的诀别。告别大厅里布置着一幅幅、一排排缅怀您的挽联和花圈。其中给我印象最深，也最有同感的，是利华的挽联："杏坛朱弦，洋洋盈耳，花月春江锦绣笔；门墙懿范，每每可亲，诗情画意慈母心。"只是连日来我的胸口被浓重的悲伤堵着，竟一时拙于言辞，无法尽情描述心中的怀念之情。我任由眼泪肆意地流淌，久久地凝视着留住您生命最后一瞬的遗照，试图把您刻在心里：橘黄色的外衣搭配素色丝巾，银丝般的白发间夹杂着几缕倔强的黑发，墨色的窗帘在白色的窗棂前飘拂，在右下角几株粉白相间的瓶花的映衬之下，愈益透出生命的灿烂和喜悦。照片中的您静静地站在窗前，面带微笑坦然地平视前方，神态自若，一如生活中恬淡大气的您，举重若轻的您。我知道这是病中的您，是以超人的毅力与病魔搏斗了整整五年的您。这是您看世界的最后的神情姿态，也是您留在人世的最后的音容笑貌。

记得五年前的4月意外发现您肺癌晚期，对家人来说不啻于天塌地陷。电话这头的我泪流满面，电话那头的您却平静得像讲他人的故事，还一个劲地劝我不要悲伤。您坦然地说："当我得知这个病的时候，一个人偷偷地哭了一场。然后我就轻松了，我要重新开始我的人生，我要为所有我爱的人和爱我的人活着！"您常笑着说："医生判定我只活四个月，我现在已经多活了好几年，我很感恩，我的每一天都是赚来的啊！"正是您乐观平和喜乐的心态和超乎常人的豁达、坚强，打败了凶恶的病魔，使我们能够多相聚了几次、多通了无数回电话。现在您还是走了，就在您3月底由家人陪着看完日本东京的樱花回来，满足了心愿之后。您走得美丽、安详、无悔！

来不及送您到雨花功德园，我和利华匆匆赶往火车站，登上南下的高铁。下了火车，坐上朋友早已等候接我的车，从东到西穿过整个杭州城。下午3点，我连奔带跑准时出现在杭州师范大学仓前校区教室。面对看着我红肿的眼睛一脸诧异的学生，我声音嘶哑，含着眼泪沉痛地说："我刚从南京参加恩师的告别仪式回来……"教室里一片肃然，学生们默默地听课，感动着，我明显感觉到了一股暗流在涌动。您一生敬业爱岗，爱生如己，激励着我把这种精神和爱传递下去，生生不息。

二

我们第一次相遇，我二十六岁，正值青葱岁月，为工作四年之后重新获得学习深造的机会而欢欣鼓舞。我蛮里蛮撞地闯进您的生活，那年您五十六岁，成熟睿智，饱尝生活的艰辛。您有火青姐姐和海若两个女儿，却仍然视远离家乡、一心向学的我为家中一员。从此，南秀村也成了我的家。

那是一座包围在郁郁葱葱的绿荫之中的温馨的小楼，南秀村，我记忆中的您的第一个家。这里有忙进忙出经常给我们包饺子吃的乐呵呵的奶奶，有温文尔雅体贴入微的您的夫君王老师，还有温婉内秀的姐姐和热情活泼的海若。您热情地接待学生和女儿的朋友，大有包罗众生、让天下寒士俱开颜之势。您谈笑风生，用您的知性和乐观感染着每一个人，饭桌上，客厅里，冬天的围炉边，总是飘荡着您朗朗的声音和年轻人的欢声笑语。在您家相聚的日子，在我记忆中犹如一首智慧和青春交织而成的交响乐，拨动着我的心弦，滋润着温暖着我的心，使南京的炎夏不再酷热，冬天不再寒冷。

随着南秀村的拆迁改建，您临时搬到云南路某小区。在这狭小的家里，您照样处之泰然，甘之如饴。您给我们讲小时候逃难躲避日本人飞机的故事，讲自己求学奋进的故事，讲母亲的励志语"不吃馒头蒸（争）口气"，谈"文革"经历。正是在这里，您迎来了外孙女小庭庭，幸福地当上了外婆。也是在这里，您节衣缩食，倾其所有为海若准备赴美行装，支持小女儿踏上异国求学路。从此，我少了个无话不说的小姐妹小闺蜜，但您家还仍然是我的家。奶奶照样给我做她最拿手的肉丸子，经常站在阳台上盼望着我去陪她聊天，甚至说要把海若的房间留给我。

不久您搬回南秀村，一个简单装修的小三居室，但您们住得心满意足。这里仍然是我们这些平时缺乏油水的学生的聚餐地。兴无兄说："爱华，给吴老师打电话，说我们想吃大排了。"我说："你自己不会说？"他忍住笑："你说好，你面子大。"于是，我们在您家的客厅兼饭厅里，如愿尝到了奶奶亲手做的大排、肉丸子，还有您和王老师特意去排长队买来的南京最正宗的盐水鸭。兴无、亚权、马佳、大头、小欢，还有我和傅勤，常常是您家的座上宾。大家高谈阔论，指点江山。您淡泊一生，不屑与权贵为伍，却怜爱体恤我们这些老大不小还在苦苦求学的穷学生，待我们亲如家人。试问现在，还有多少老师能够如此肝胆相照、关爱呵护学生？

最难忘的是 1992 年我在南京大学举行婚礼。您和王老师高兴地双双来为我主婚，时任南京大学副校长的我的博士生导师董健先生做证婚人，我最好的少年朋友向阳从杭州赶来做伴娘，兴无兄做起了伴郎。我在南大食堂订了简单的两桌酒席，一个极其简朴的只有好朋友、博士生同学和戏剧同门参加的婚礼。由于紧张和激动，我已记不清您在婚礼上热情洋溢的讲话内容了，只记得您用"真诚"和"纯"两个词来形容我。这两个词其实也是您的为人，所以我们才如此有缘，相差三十岁而仍能声气相投、惺惺相惜。第二天，您在自己家备下丰盛的菜肴，请我、傅勤和一拨学生去赴宴，记得当时姐夫说："我们把爱华当家人，今天算是'回门酒'。"感动得我当场热泪盈眶，说不出话来。

我对您住过的每一个家都记忆深刻，包括您 2005 年为了重新装修老房子，临时借住在南秀村里的另一处房子。那时我特意去南京看望您，您年逾七十仍和王老师一起亲自监工装修，虽然头发白了不少，却仍然像有使不完的劲。记得我们坐在堆满了书和家具、仅能容身的客厅里握手相谈，您说："南大分的新房子太远，我们就想在南秀村养老。火青和海若劝我们把老房子好好装修，改善一下居住环境，提高生活质量，我们才终于下定决心动手……"您和王老师还带我去看已经快完工的新房子，也是我熟悉得不能再熟悉的老房子。您一生俭朴，对生活毫无所求，这次要不是两个女儿催着并出资装修，您是不会为自己花一分钱的。

果然，如您所愿，您终老在南秀村，一处陪您走过三十多个年头的人生驿站。

三

您有着平凡而美丽的一生。您并非不食人间烟火的高人，您是凡人、普通人，遍尝生活艰辛，历尽人生磨难。作为女性，您已臻完美，女儿、妻子、母亲、外婆、教师、学者，无论扮演哪个角色，您都尽心尽力，尽职尽责，力求做到最好。您是女性的楷模，坚强、奋进、知性、优雅、坦荡。您给我们树立了属于您那个时代的高标杆，让我们望尘莫及，只能远远地欣赏您，垂慕您的大家风范，感受您平凡中的伟大与美丽。

您生于兵荒马乱的上世纪 30 年代，五岁时跟着母亲逃难，差点吃日本人的炸弹丧生。您与母亲相依为命一生，母亲为您操持家务照顾孩子，您侍奉母亲到 93 岁，尽最大孝心让她颐养天年。您和夫君举案齐眉、相敬如宾，志同道合，琴瑟相谐。回忆您俩的校园爱情故事，您曾幸福地笑着说："哈哈，我就是瞎了眼睛，老王还是爱我的！"您们伉俪忠贞不渝，挚爱一生，为吾辈树立了好榜样。作为贤妻良母，您全力支持王老师工作，并培养出了同样正直善良、优雅知性、事业有成的火青姐姐和海若。您还亲自调教外孙女小庭庭，使她从小喜欢唐诗宋词和西方古典乐音，综合素质突出的她现在已美国名牌大学硕士毕业留美工作。您以超前的意识和过人的胆识，早在国内留学大潮出现之前就已精心培育了两代留学生。都说女人决定了一个家的生活方式，您用自己精彩的一生作了最好的诠释："女人决定了上一代人的幸福，这一代人的快乐，下一代人的未来！"

您聪颖敏悟，多才多艺，不愧为一代学人兼才女，称得上是才女型学者专家。

您二十岁以高分考入南京大学中文系读本科，又师从著名学者胡小石先生攻读古典文学硕士，毕业留校任教。您开设的古代文学史、八代诗研究、唐宋诗词鉴赏等课程，深受学生好评。您是我国首批派出境外讲学的文科学者，早在上世纪80年代初就大胆走出国门，赴美国内布拉斯加州大学讲授中国古代文学，还亲绘了四十余幅水墨梅花分送美国友人并参加当地画展，传播中华文化。作为著名文学史家，您笔耕不辍，著书立说，在魏晋南北朝唐宋文学史、中国古典诗词等研究领域造诣精深，成果丰硕。作为大学教师，您敬业爱岗，辛勤耕耘，数十年如一日，真心关爱呵护学生，以您的人格魅力赢得学生的衷心爱戴。

您才情横溢，文采风流，能诗擅画。您曾给我看您陪世界著名华人华侨领袖陈香梅女士之女游访安徽宣城的散文，绘景叙事抒情，浑然天成，情真意切，字字珠玑，不愧为中国旅游文学研究会副会长之手笔。您才思敏捷，出口成章，诗词作品气盛意远，自然流转，深得古人神韵；尤擅楹联对句，曾任江苏省楹联研究会理事。您潜心习画，兼收并蓄，以诗心涵养画心，卓然自成一家。您最喜品梅画梅，或亲去南京东郊梅花山赏梅写生，或集古人咏梅名句取其诗意作画，醉心其间，乐此不疲。您题为《别是风流标格》、《花之魂》、《清气得来花自好》、《春自在》、《垂枝梅》等画作，最得梅花真性情，或摇曳秀逸，或挺拔遒劲，绰约多姿，风神独特，清雅潇洒之至，梅品、画品、人品融为一体。您退休后还应邀给南京大学留学生部开设中国书画课程，倾注极大热情给来自世界各国的留学生传授中国画技巧，手把手教他们画梅画竹。您爱梅画梅数十年，谱写了水墨丹青常做伴的诗意人生，也养成了梅花般不媚世俗、卓然独立的峥嵘风骨和高洁情怀。

四

识您之初，我还是懵懂世事的学生，随着时间的流逝，我也经历了为人妻、为人母，才渐渐真正读懂了您。您就像一瓶香醇绵长的陈年佳酿，越品味越醇厚。我时刻以与您交流、聆听您的教诲为乐，您也总是以您的洞明、睿智和达观，指导我跨过人生的每一个阶段，见证我的成熟和我女儿的成长。

1993年我博士毕业回到夫婿的家乡杭州定居，从此我们的联系主要是靠书信和电话。其间，我记不清多少次去南京看望您和王老师，您们两老也曾多次来杭州游玩。女儿梦舟从记事起，就知道有个南京南秀村的吴奶奶和王爷爷了。有一次，我说要带女儿去南京看望您们，您觉得自家客房的木床太小，不够我们母女睡，居然忙了几天，买木头请师傅把床加宽了十几公分，此情此意现在想起来还是满满的感动！当然为了不打扰您们休息，我最后还是选择了南大招待所。每次踏进您南秀村的家，我都有一种回娘家的感觉，您们是忙进忙出盛情款待，奶奶乐得合不拢嘴，姐姐、姐夫也特意来相会聚谈，看着小梦舟天真地唱歌跳舞讲故事，大家开怀大笑，其乐融融。

您最后一次来杭州，是2009年国庆节，发现肺癌五个月之后。

您说要看看西湖，看看我们，海若、丁淦夫妻俩就陪您来了。 我在杭州知味观摆下家宴接风，还请来了绍兴的利华和夫君文岚。 见到被病痛折磨的您清瘦苍老了许多，我强忍泪水不让掉下来，您却是一脸笑容宽慰我们。 我说买票陪您们去观看大型实景剧《印象西湖》，海若说怕您身体吃不消不要安排。 原来海若是怕我请客找了个托辞，当天晚上还是带您去欣赏了慕名已久的《印象西湖》。 错失这次陪您看演出的机会，我心里至今深感歉疚，不能释怀。 正读初中二年级的梦舟是这次见面眼泪流得最多的一个，她生性纯良多感，第二天就写了篇《又到樱花飘香时》，最后写道："我相信，吴奶奶一定能战胜病魔，如她所愿，继续享受美好的人生！"我把这篇梦舟写在作文簿上的感怀之作打印出来寄给您，据说您是流着泪读了好几遍。

为梦舟高中出国留学之事我征求您的意见，您完全赞成，就像当年您全力支持海若和庭庭赴美留学一样。 多少次，您以一个过来人的身份，给我分析高中留学的利弊，又从一个母亲的角度，教导我怎样理性对待孩子留学，培养孩子成材。 您把梦舟视同自己的孙辈，多少次，在电话中叮嘱她在美国如何快乐生活和学习，如何保护自己，健康成长。 没多久，我因为听神经瘤做伽玛刀手术导致面瘫，您总是安慰我，鼓励我乐观面对，积极治疗。 经过长期的针灸疗法面瘫终于大有好转，但听力已终身受损。 您由于抗癌药物的副作用，听力也是越来越差，没有王老师在旁边传话，几乎无法通电话。 但即便如此，我们还是经常保持着电话联系，让无线声波温暖着彼此。 要不是我打电话时间稍长耳朵会痛，我会更多更多地问候您，哪怕只为听听您的声音。

我最后一次在南秀村见您，是2012年国庆。海若偷偷发起，请了一批您联系紧密的学生，在南京聚会。听说我和利华要来南京，您和王老师高兴得早早就忙碌起来，您敦促王老师亲自踩点找餐厅，亲自点菜，就像当年慷慨地请我俩到家里吃饭一样。当二十多人欢聚一堂围着您团团坐时，海若意外宣布："今天是妈妈的八十大寿，在座的都是妈妈最亲爱的学生……"大家恍然大悟，为没带生日礼物而愧疚，但很快就被与您相聚的欢欣而代替。您慈爱地看着我们每一个人，亲切地拉家常。您谈笑自如，全然不像一个与病魔搏斗了这么久的耄耋老人。学生们静静地听您笑谈人生，生怕错过每一个字，就像当年在教室里听您上课一样神圣而肃穆。海若巧妙地邀请大家为您庆生祝寿，让您一见我们这些都已步入中年的学生，留下极其珍贵的照片。我以为我们还有见面的机会，不想这次会晤竟也成了您与我的永别！

7月4日，为了一句"今年暑假我带梦舟去南京看您"的承诺，在王老师和火青姐姐的陪同下，我们手捧鲜花来到雨花功德园，站在了您的墓前。看到您照片上熟悉的笑容，我们母女都哭成了泪人儿。不知是否上天也受到感化，大雨倾盆，天地同悲。姐姐说，今天是您离去三个月忌日，我们赶上了一个重要的纪念日来看望您。雨中我点上特意从杭州带去的三炷香，姐姐摆上您平时喜欢吃的果点。梦舟又见到了她心中的南秀村奶奶，她要亲口告诉您，她已经长大，按照您的吩咐顺利完成高中学业，就要去纽约上大学了。

我们二十六年的生命交集从此画上了句号，但我对您的怀念没有结束。您为我做的每一件事，您说过的每一句话，甚至您叫我名字的声音，都长久地萦绕在我的心头。我对您的感恩之心、感激之情，不会减弱，相反随着岁月的积淀，会越来越浓烈、沉郁。

南秀村，还有您"今生今世情未了"的爱人王老师。我还会常去南秀村，去看望与您相约"来生来世未了情"的坚强的王老师。

南秀村，刻在我心中永远挥之不去的记忆。

弟子黄爱华泣拜

2014 年 11 月 3 日于杭州

诉不尽三十载师生情
——怀念吴翠芬老师

张 明

不知冥冥之中有什么东西在主导着，3月下旬的一个清晨，我和朋友一起漫步在紫金山绿道时，突然想起了我的大学老师吴翠芬教授。我对朋友说：好几年没去看老师了，等忙完这一段一定要去看看她，也应该是八十多岁的老人了！

4月8日下午打开自己的博客，在一篇回忆母校生活、提及吴老师的博文上，赫然看到了一则令我无法置信的留言：南大文学院吴翠芬教授今日火化。留言是上午10时多发的。天旋地转的我，一再用眼镜布擦拭眼镜，一字一字看了几遍仍怀疑是自己眼花所致。我连忙给在南大工作的同学发去短信询问。未几，同学打来电话，说吴老师是4月4日去世的，讣告张贴之时正是清明期间，他回老家去了，等他得知消息时已举行了遗体告别仪式。噩耗得到证实，我沉浸在难言的悲痛之中，我没有想到，不但想去看望老师的愿望未能得到实现，连老师的最后一面我都没能见到！与老师相处的一幕一幕迅即在脑中闪回，从与老师相识算起，一瞬间，时间已走过了整整三十年！

1983年的初秋，我成为南京大学中文系的一名新生。我们这一届分为两个班，课程相同，但多不是同一个老师讲授。课表发下来，见到我们甲班"古代文学作品选"的任课教师是吴翠芬副教授，乙班的同学非常羡慕，因为他们班这门课的任课教师是名讲师，初进大学的学生很在乎教师的职称呢！第一堂课的情景至今记忆犹新。铃声响后，走进一位剪着短发、笑容可掬、五十开外的女老师。吴老师作了简短的自我介绍后，用她那略带安徽口音的普通话说："今天我们不讲课，请同学们做一个练习，以便我掌握大家的学习情况，有针对性地进行教学。"说完，吴老师就给我们发卷子。卷子上只有一个题目，是写一篇唐朝诗人张籍《野老歌》的赏析文字。在中学，我从来没接触过这样的题目，于是，试着从思想内容和艺术手法两方面作了一点浅显的分析，心想这样的中学生般的答卷，一定是难入大学教授的法眼的。

没有想到，在第二堂课上，吴老师第一个表扬的就是我的文字；更没有想到，我从此会在吴老师的引领下，走上学习中国古典文学的道路。

因为第一次测试给吴老师留下的好印象，她对我的学习非常关注。课间休息时，她好几次对我说要读一些古代经典原著，比如《论语》、《孟子》、《诗经》、《楚辞》等。每一篇古诗文讲授结束时，吴老师都会给同学们开出课外阅读书目。也许正是吴老师的这种言传身教，使我在被遴选为南大首批"富有创造力的学生"需要选择专业时，我毫不犹豫地选择了中国古代文学，而吴老师就成了我的导师。

为本科生配导师，在当时的高校是个创举。吴老师是尽心的，她不仅为我开出比课堂里更详尽的书目，而且，每隔一段时间都要和我谈谈，询问学习情况，传授学习方法。印象最深的是，她经常教导我要抓紧时间利用好图书馆，不要满足于课程考试得优；读书一定要读 A 类书，不能良莠不分、浪费时间；不要急于发表论文，好好读古代文学原著，打牢学术研究根基。这些教导，对我养成切实扎实的学风起了至关重要的引路作用。

大学二年级时，我向系里提出本科提前一年毕业的申请，终获学校批准，但条件是必修课成绩必须都在良好以上。吴老师十分支持我提前毕业，并提出了毕业后继续攻读古代文学硕士研究生、以后再攻读博士研究生的殷切期望。我那时候要同时听两个年级的课，学业十分紧张。吴老师的爱人王立兴教授给三年级讲授明清文学史，怕我学习负担太重，吴老师主动对我说："王老师说了，他的课你可以不去听，参加考试就行。"我深深为老师的关爱而感动，但也努力争取去听王老师的课，尽量不缺课。所幸的是，我没有辜负两位老师的期望，最终以二十多门必修课全优的成绩提前毕业，并被推荐为古代文学专业硕士研究生，师从文史学家王气中先生研修古代散文。

大学三年级时有两件事，尤能体现吴老师对我的倾心提携。因为要提前毕业，所以三年级就得写学士论文。我选择了被鲁迅先生赞誉过的晚唐小品文作为研究对象。一开始，吴老师就提出了很高的要求，让我不要简单当成毕业论文写，要作为一次学术研究来对待，了解并熟悉搜集资料、形成观点、修改提高的全过程。当我写成一万多字的初稿时，吴老师又指出观点虽然能站住脚，但材料不够丰满，有空浮之气，让我重读《皮子文薮》、《笠泽丛书》和《逸书》，从作家作品中去寻找材料、支撑观点。当再一次修改成稿时，吴老师又逐字逐句进行审改。可以说，这篇论文浸透了吴老师的心血，为我今后写作硕士论文、研究五代散文奠定了坚实的基础。另一件事是，出版社向吴老师约一篇《桃花扇·骂筵》的赏析文字。当时，吴老师已是写赏析文字的名家，她对张若虚《春江花月夜》的赏析收入《唐诗鉴赏辞典》。"在月的照耀下，江水、沙滩、天空、原野、枫树、花林、飞霜、白云、扁舟、高楼、镜台、砧石、长飞的鸿雁、潜跃的鱼龙，不眠的思妇以及漂泊的游子，组成了完整的诗歌形象，展现出一幅充满人生哲理与生活情趣的画卷。这幅画卷在色调上是以淡寓浓，虽用水墨勾勒点染，但墨分五彩，从黑白相辅、虚实相生中显出绚烂多彩的艺术效果，宛如一幅淡雅的中国水墨画，体现出春江花月夜清幽的意境美。"吴老师这唯美的文字，不知倾倒了多少读者！我在一篇文章中说过："一篇《春江花月夜》自是孤篇横绝，吴老师的精美赏析也是丝丝入扣，字字珠玑。"写一篇赏析文字，对老师来说是手到擒来的事，但为了让我经受锻炼，老师让我来写这篇文章。我浅薄的学力何能胜任呢！最后，又是老师一字一句增删润色，才成就了一篇比较像样的文字，而我也在这一过程中初识了赏析文字的路径方法。

读研究生期间，吴老师对我的关心一如既往，我也经常向她请教和求助。那时，我在中国自修大学南京分校担任"古代文学作品"课程的讲授任务，为了提高学员们的文学欣赏水平，我请吴老师作一个讲座，老师欣然应允。那天晚间她一气讲了两个小时，学员们为她的大家风采深深折服。那次讲座，吴老师未收学校一分报酬，说是对我这个学生的支持，让我感怀不尽。在写作硕士论文时，气中师对我说：你大学时候是吴翠芬指导的，五代散文正好又在晚唐小品文之后，在文学发展的脉络上必有相承之处，你可以把稿子先给她看看。答辩时，气中师还请吴老师做了答辩委员会成员。可以说，是吴老师带领我完成了走上古代文学学习道路、取得文学硕士学位的全过程，她是我名至实归的学术导师。

从学校毕业后，我到部队工作了十八年，但和吴老师一直有书信往来，她一直以我未能攻读博士学位、未能从事教学研究工作为憾。为慰师心，每当出版散文集，我都会寄给吴老师，她则总会回一个电话，对我勤加勉励，同时指出"风格尚不明显，还要继续努力"。2001年12月24日，吴老师、王老师在收到我第三本散文集后给我来信说："惠赠的三部散文均收悉，谢谢。多年来你在繁忙工作之余尚能如此勤奋，笔耕不辍，不断取得成果，实属不易。学无止境，文也无止境，我希望你在散文的天地里能飞得更高些，多写出一些富有历史文化底蕴，更发人深省、耐人咀嚼寻味的好作品来。"吴老师是深深了解学生的，她知道我尚没有完全尽心，写作上仍有浮躁之气，所以希望我滤尽杂念，用心作文，不断开阔眼界心胸和为文境界。

2007年，我被批准转业到地方工作。吴老师得知后打来一个电话，希望我能够到高校或研究机构工作，继续从事教学研究，老师是一直没有放下对我学术上的期望啊！尽管我一再解释按照现行安置政策和我的职级已无法选择到高校工作，老师仍是苦口婆心地在电话中说了将近一个小时，她对我的期待到了何等执着的地步！

上学时，我曾多次去过老师家，每次吴老师都是热情接待，从不怪我们年少唐突。记得有一年夏天的一个夜晚，和同学一起去南秀村向吴老师讨教。吴老师从冰箱拿出西瓜对我们说：天热，快先把冰镇西瓜吃了！这情景仿佛就是昨晚。离开南大之后，我也去过几次吴老师家。最近的一次大概也是七八年前了，那次是因吴老师骨折，我到家中去探望，之后便没有再见过老师。那天，老师对我说的仍然都是学术研究、散文写作，我深为辜负了老师几十载的关怀而羞愧。前几年在校园散步时，也看到橱窗展出着老师笔力刚健的书法，总以为老师别来无恙、依然硬朗，总以为时日尚长、重见有时，哪知道那一次竟是我与老师的最后一面呢？！深深愧疚的我不断自责，这几年里，我为什么没有能够抽出点时间去看看老师，没有向同学多打听打听她的情况呢！哪怕每年看望一次，今天都能稍减心头长存的遗憾啊！

2001年老师来信的最后是这样写的："新年将届，寄上一张母校纪念卡，留作流金岁月的纪念。"这张卡片我一直保存着，如今更成为无比珍贵的纪念了。大学时代是人一生的流金岁月，与吴老师相处的这三十年，也是我一生的流金岁月啊！三十年，多少斗转星移；三十年，多少沧海桑田；三十年，多少物是人非！而从不更改的，是我和吴老师之间深厚的师生情谊！这诉不尽的三十载的情谊啊，会永远激发我对老师深切的怀念，更会永远成为我未来人生路上的珍贵行囊。

刊《南大校友通讯》2014年夏季版（总第63期），后收入作者散文集《穿越城市》，江苏大学出版社2014年版。

悼念敬爱的吴翠芬老师

徐兴无

王立兴老师、吴翠芬老师的亲人、朋友、南京大学的校友、老师、同学们：

今天，我们怀着沉痛的心情送别敬爱的吴翠芬老师，我受南京大学吴翠芬教授治丧委员会、文学院和吴老师亲人的委托，代表大家在这个简短的告别仪式上说几句话，其实，我是没有能力和资格准确概括并评述她的生平与成就的，我本人更愿意以她的学生的身份向她道别。

吴老师是一位优秀的学者和老师，还是一位杰出的女性。和一切受过高等教育并在高校长期任教的学者一样，她生活经历非常简单，因此，她的奉献也非常的持久而丰富。她在中国古典文学领域的研究成就，充分体现出她敏锐的艺术判断力、深邃的思想和优美的文章。

吴老师是"十年浩劫"以前毕业的大学生，学有师承，成绩优异，因此在国家恢复高考、改革开放之后，她有能力怀着极大的工作热情，努力从事教书育人和学术研究工作，她为我们这些后人坚守并追回了很多美好的东西，为南京大学中国古代文学学科的复兴做出许多可贵的贡献。能师从她这样老师，对我们来说，是人生的大幸,可谓"古之遗爱"。

吴老师在她的亲人眼里是一位贤妻良母,其实对我们这些学生来说,她何尝不是一位严师慈母？她不仅给予学生良好的学术训练,而且给予学生有益的人生指导。她的家从来都是学生们的家,她和许多学生长期保持着真挚的友情。

吴老师的魅力还在于她的多才多艺,她擅长丹青,爱画梅花。她画的梅花大多虬干劲枝,浓墨重彩,或傲雪怒放,或迎春盛开,这正是她的生动写照。她对国家、社会、民族、亲人、朋友的忠诚,如梅花一样的坚贞；她对黑暗、不公和名利的蔑视,如梅花一样的凌寒；她对生命、事业和生活的热情,如梅花一样的芬芳。在患病期间,她的乐观、积极的生活态度,让她赢得了生命的尊严；她努力履践道德和养护生命的精神让我们深受感动。

吴老师选择了春光明媚的季节和我们辞别,在她临走之前,金陵的梅花已经开过,她又去看了上野的樱花。其实只要是美好的人生,就是圆满的人生。只是我们不能坦然地接受这个现实,因为以后的每个春天,都是"只见梅花不见人"的春天,令我们年复一年,触景生情,感伤怀想。愿吴老师安息！

2014 年 4 月 8 日

亲属代表在告别仪式上的答谢辞

各位尊长，各位亲朋好友：

今天我们怀着万分悲痛的心情，沉痛悼念敬爱的母亲不幸病逝，并向她作最后告别。在此，谨让我代表我们全家，衷心地叩谢各位来宾百忙之中、不辞辛劳来到这里，与我们一起分担这份悲伤。衷心地感谢南大、文学院，感谢师生亲友，在妈妈患病期间给予她的关爱鼓励，以及无微不至的帮助。

天地有恩，故示祥瑞。亲爱的妈妈，我们挑选了最美四月天为您送行，送您到一个遥远的地方。我们相信，那是一个美好的地方：您被赋予了永恒的新生命。从此没有了疾病困扰，只有平安和喜乐。在那儿您吟诵"春江花月夜"，挥毫勾画您笔下的"梅竹君子"。我们相信，这只是短暂的离别，以后的以后我们必能重逢；您还会像过去一样，护佑着我们，您的心永远与我们同在！

亲爱的妈妈，您一生热爱生命、热爱生活、热爱人世间一切美好的事物。您总是以乐观坚韧、充满活力笑容展示与人，即使在与病魔抗争期间，也从容淡定，未见慌乱恐惧、寝食不安，继续和爸爸在南秀村小屋过着心平气静的生活，继续关爱着亲人和朋友。亲爱的妈妈，您将您毕生的爱献给了您深爱的丈夫和孩子，献给了您挚爱的事业和学生。您创造了人世间最血浓与水的夫妻情，母女爱，和天底下最幸福的家。您的无私大爱、人格榜样、聪慧头脑、坚强意志和勇气永远是我们家庭幸福的源泉和保证。您一生的故事，我们将会和子孙们细细地述说。

亲爱的妈妈，您放心走吧，我们会照顾和呵护好您最放心不下的爸爸，给他一个平安幸福的晚年。

亲爱的妈妈，您能听到我们的呼唤吗？你能感知我们的思念吗？你是否又去寻找最美的春天，那东京上野漫天绚烂的樱花一定是你天堂最美的颜色！

妈妈，请带着亲人的眷念、师友学生的关爱、日月星辰的护持，安心上路吧！

最后，再次感谢南大，感谢大家，祝我亲爱的妈妈一路走好！

您的亲人，痛心叩上！
2014 年 4 月 8 日

南京大学文学院暨师生为悼念吴翠芬教授所撰挽联

  吴翠芬教授　千古

  泪湿青衿，永忆春风教泽；
  尘昏彤管，长钦絮雪才华。

       南京大学文学院全体师生　敬挽

          （莫砺锋撰）

  吴翠芬教授　千古

  兰蕙争荣，长向春光感滋树；
  竹梅寄意，每从画幅念清贞。

     南京大学文学院　古典文献研究所　敬挽
        中国古代文学专业

          （程章灿撰）

吴翠芬师　千古

业擅诗词，不堪重咏春江花月夜；
悲深桃李，岂止泪飞竹外两三枝。

弟子　程章灿　敬挽

吴翠芬师　千古

三十年前，教诲亲承，总忆杏坛霑化雨；
四千里外，音容永隔，竟教桃李泣春风。

弟子　李立朴　敬挽

吴翠芬师　千古

杏坛朱弦，洋洋盈耳，花月春江锦绣笔；
门墙懿范，每每可亲，诗情画意慈母心。

弟子　高利华　敬挽

编　后

　　这本《流星集》涵盖了爱妻吴翠芬创作的散记、随笔、诗歌、楹联与绘画作品，题名《流星集》，源于她少女时代音乐老师教的一首《夏夜的流星》歌曲，词曲的作者如今已忘记。2009年4月确诊癌症后，她常常低吟这首歌曲，边唱边流泪，这是她最痛苦的一段时期，但也因这首歌曲，她精神上的伤痛得到了某些释放，很快从癌魔的掌控中走了出来。她说这首歌曲虽然低回凄美，但很富有人生哲理意味。人生不过如夏夜的流星，在天际一闪而过，但这一霎那的闪亮，也能给这个世界带来一些亮色，给人们带来一些欣喜。她叮嘱：如果以后出她的诗文集子，书名就叫《流星集》，以《夏夜的流星》作为代前言。

　　《流星集》收的仅是作者部分诗文楹联绘画作品。遵照作者意见，"文革"前及"文革"中的诗文一律不收；"文革"后一些杂感式的散文，因和本书的主旨不合，也尽付阙如；绘画也仅收了她保留在身边认可的部分作品。难能可贵的是，确诊癌症后的这五年，她仍然笔耕不辍。散记作品如《逃难》、《倚梅有所思——怀念张汝梅师》、《我和张宽师的画缘》、《心碑——怀念郭影秋校长》、《忆郭老》、《爱在，希望在——遭遇癌症之后》等，绘画作品如《春自在》、《矞矞皇皇，眉寿无疆》、《别是风流标格》、《天地春》、《占得先机早报春》、《造物含深意，施朱发妙姿》等，都是这时抱病完成的。遗憾的是，她本还有很多写作设想，只是天不假年，永远是一种遥想了。

作者编选这本《流星集》的初衷，正如她在一篇日记中说的："我要快快活活地过日子，看爱看的书，写爱写的文，交爱交的人。沈既济说：'著文章之美，传要妙之情。'（《任氏传》）我现在写的画的，不正是为了追求'美'与'要妙'么。我要以愉悦的情志来创造愉悦情志的文学与绘画，给人以健康的美感享受。"现在所选的《流星集》的主旨也就在此吧。

此次大女儿和小女儿全家偕我来美短期旅游休假，第一站为旧金山，这恰是翠芬1982年12月赴美讲学时首站逗留的地方，当时她住在我国总领馆，随我国教育代表团游览了金门大桥、渔人码头、唐人街等景点。屈指一算已三十二年矣，如今她再也不能和我们一起出游了。握笔凝噎，悲从中来。

王立兴 2014年7月15日晨5时
写于旧金山旅次

为了纪念，本书附录收了亲人、友人和学生写的一组怀念文章暨南京大学文学院领导在告别仪式上的悼词和师生撰写的挽联。还选取了五十多幅照片，从中可以窥知翠芬一生的履痕。本书编选过程中，两个女儿和女婿全程倾心参与了有关工作，小女婿丁淦亲自为书名题签。凡此,我和天国的翠芬都深感欣慰,铭记在心。

  本书以及翠芬另一部著述《散花集——古代文学评论与鉴赏》的出版,得到了南京大学文学院和南京大学出版社的大力支持。出版社美编赵庆和责编荣卫红为本书的装帧设计及文字编校付出了辛勤的劳动。为此,我和家人深致谢忱。

王立兴 2015 年 5 月 8 日补白于南京南秀村

绘 画

梅 花 是 我

树树立风雪(1977)

清气流乾坤(阮荣春补竹　1979)

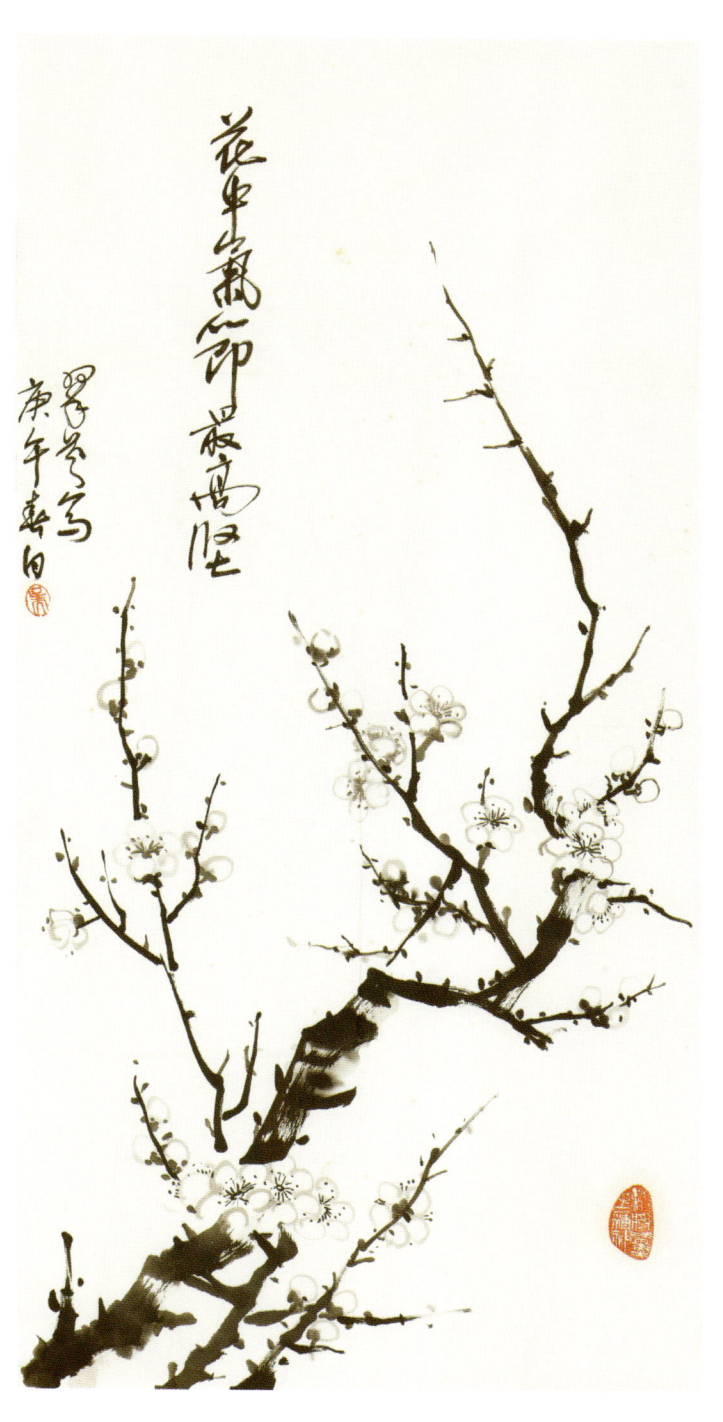

花中气节最高坚（1990）

双清(1993)

花之魂(1996)

清气 得来花自好（2001）

繁英(2002)

久香(2002)

含英吐华(2003)

直与天地争春回(2003)

清气满大千（2007）

春的律动(2007)

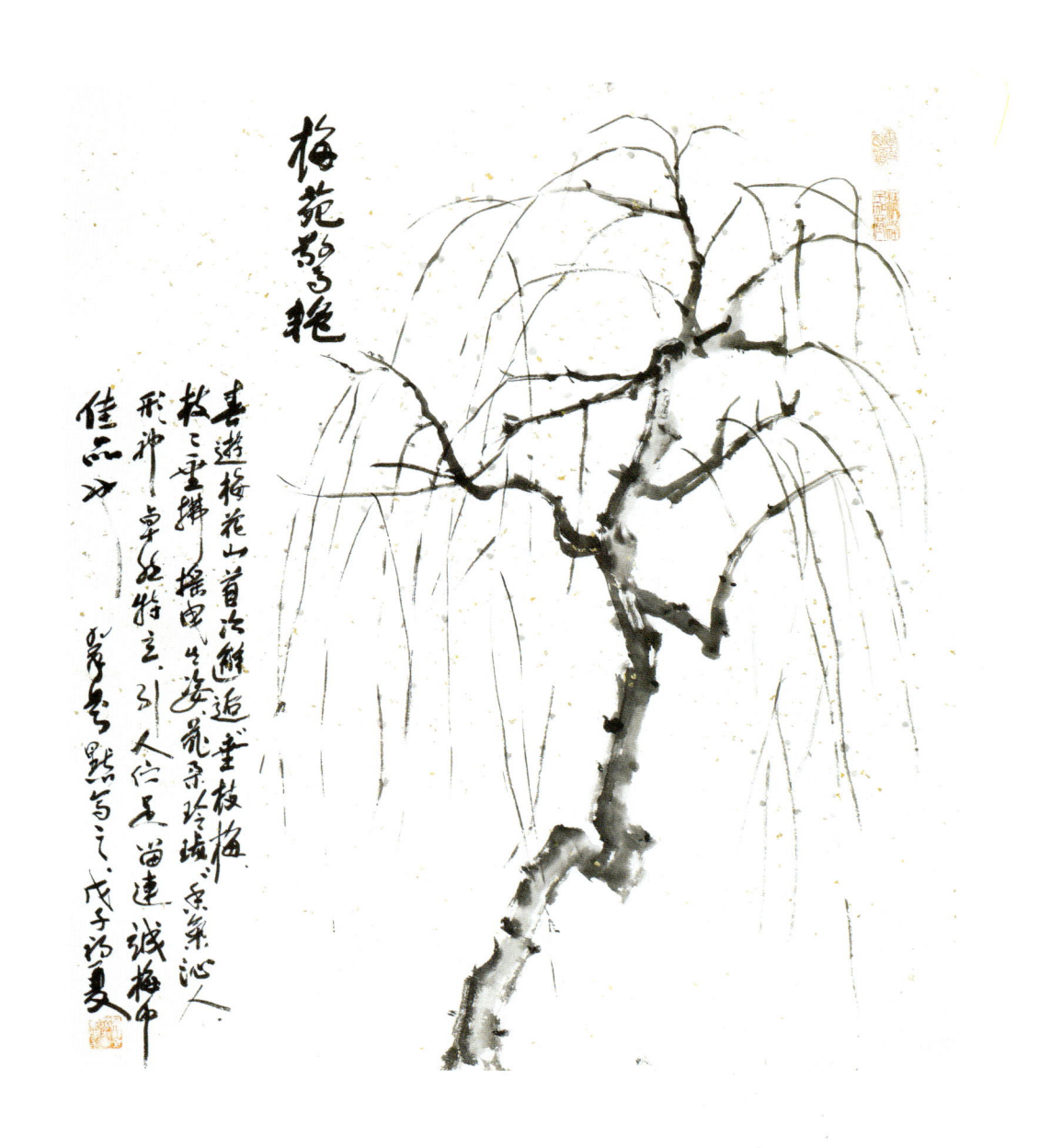

梅花惊艳——垂枝梅（2008）

燃放（2008）

春自在(2009)

矞矞皇皇 眉寿无疆(2009)

别是风流标格(2011)

天地春(2011)

占得先机早报春(2012)

造物含深意　施朱发妙姿(2012)

图书在版编目(CIP)数据

流星集 / 吴翠芬著.—南京:南京大学出版社,2015.6

ISBN 978-7-305-15399-0

Ⅰ.①流… Ⅱ.①吴… Ⅲ.①文艺-作品综合集-中国-当代 Ⅳ.①I217.2

中国版本图书馆 CIP 数据核字(2015)第 126512 号

出版发行	南京大学出版社
社　　址	南京市汉口路 22 号　　邮　编 210093
出 版 人	金鑫荣
书　　名	**流星集**
著　　者	吴翠芬
责任编辑	荣卫红　　编辑热线　025-83593963
照　　排	南京紫藤制版印务中心
印　　刷	南京爱德印刷有限公司
开　　本	787×960　1/16　印张 17.25　字数 192 千
版　　次	2015 年 6 月第 1 版　2015 年 6 月第 1 次印刷
ISBN	978-7-305-15399-0
定　　价	56.00 元

网址:http://www.njupco.com
官方微博:http://weibo.com/njupco
官方微信号:njupress
销售咨询热线:(025)83594756

* 版权所有,侵权必究
* 凡购买南大版图书,如有印装质量问题,请与所购
　图书销售部门联系调换